Greisenkind
Daniel Mylow

D1720358

Greisenkind

Daniel Mylow

Roman

www.net-verlag.de
Zweite Auflage 2020
© Text: Daniel Mylow
© net-Verlag, 09125 Chemnitz
© Coverbild:
ursprüngliche Idee: Katharina Fritzsche
Quelle: shutterstock
Eigentum: Daniel Mylow
Covergestaltung, Lektorat
und Layout: net-Verlag
printed in the EU
ISBN 978-3-95720-270-3

Das Leben ist in der Tat ein
kostbares Geschenk,
doch ich habe oft das Gefühl,
der falsche Empfänger zu sein.

Ren Hang, 2015

1

EMELIE IST TOT.

Auf dem Schreibtisch vor mir liegen ihre Tagebücher. Emelies Schrift erscheint mir wie ein taumelnder Flug über Hunderte von Seiten hinweg. Es ist die Schrift eines Menschen, der weiß, dass ihm nur noch sehr wenig Zeit bleibt.

Die weißen Blätter sind voller Flecken, Risse, Knicke. Auf vielen Seiten ist die Schrift zerlaufen. Sind die Blätter nass geworden? Hat sie geweint? Ich weiß nicht, was sie wirklich gedacht und gefühlt hat. Ich weiß auch nicht, wie sie sich ausgedrückt hätte. Was sie noch gesehen und erlebt hat, wenn sie gerade nicht in ihre Hefte geschrieben hat.

Vor mir liegt noch ein weiterer Umschlag. Er ist voller Fotografien. Emelie hat die Fotografie geliebt. Aber auf keinem dieser Bilder ist sie selbst zu sehen. Was kann ich schon anderes tun, als Leerstellen zu füllen? Als Emelie meine Stimme zu geben. Das ist alles, was ich tun kann. Alles, was ich in diesem unmöglichen Augenblick tun kann, ist, die Geschichte meiner Tochter zu erzählen.

Ben Reemdron, Reykjavik im August 2016

2.

Emelie

ICH MÖCHTE ÜBERALL sein. Ich möchte die
Meere befahren, auf Friedhöfen spazieren gehen,
Banken ausrauben, den Atlantik durchschwim-
men, die höchsten Berge besteigen, unerforschte
Arten entdecken, tanzen, zeichnen, Theaterstü-
cke aufführen, die Hauptrolle in einem Kinofilm
spielen, eine Familie gründen, Kinder haben. Ich
möchte das älteste Lebewesen der Welt sehen
und alle Tiere, die nur einen einzigen Tag leben,
ich möchte mal auf einen Baum klettern, in einer
Höhle übernachten, nachts am Strand sein, jeden
Tag ins Kino gehen, Volksfeste besuchen, Lieb-
haber haben, alle Abenteuerbücher lesen und alle
großen Philosophen. Ich möchte Dinge hören,
die niemand anders hören kann; ich möchte mit
den Steinen, Pflanzen, Tieren und Sternen reden
können und alle ihre Gedanken in ein großes
Buch übersetzen. Ich möchte einen Hund oder
eine Katze nur für mich; ich möchte von einer
Klippe ins Meer springen, in einer Wüstennacht
die Sterne am Himmel zählen, einen Jungen so
gernhaben, dass es in der Brust wehtut, wenn er
nicht da ist. Ich möchte verliebt sein, ich möchte
in einer großen Stadt leben und in einem kleinen
Häuschen am Meer. Ich möchte mein richtiges
Spiegelbild finden, eine Nacht auf dem Friedhof

verbringen, nachts auf einer Landstraße fahren, und ich möchte, dass mein Vater zu mir zurückkehrt, und ich möchte meine Eltern immer bei mir haben.

Ich möchte viel länger leben, als ich darf. Ich würde gerne jemanden kennen, der das alles aufschreibt, was ich denke und was ich erlebe. Ich würde gerne wissen, wie es ist, alt zu werden. Und wie es sich anfühlt, sich Zeit dafür zu lassen. Zu spät.

Die Geschichte, die an meinem Grab erzählt wird, darf nichts mit mir zu tun haben. Es sollte eine Liebesgeschichte sein. Gerade, weil ich so wenig davon weiß. Wir wissen ja auch nie genau, wann wir verliebt sind. Aber wir wissen immer, wann es vorbei ist.

Mein Leben war genau so. Ja, eine Liebesgeschichte wäre wirklich schön. Auch wenn ich sie vielleicht gar nicht mehr hören würde. Wer weiß das schon.

Ich kenne nicht viele Liebesgeschichten. Vielleicht bin ich auch nicht alt genug geworden. Oder jemand erzählt die Geschichte von Fynn und mir. Ich weiß nicht. Ich weiß nicht, ob … Ich weiß nicht, ob das hier wirklich eine Liebesgeschichte ist. Es ist meine Geschichte.

Alle sehen mich an. Ich denke immer, dass mich alle ansehen. Dabei sitze ich fast ganz allein im

Bus. Ich muss erwacht sein. Irgendwo im lärmenden Nichts meiner inneren Monologe. Die Nachtluft streift durch die gezackten Silhouetten der Wipfel, während der Bus Allee um Allee hinter sich lässt. Wie ein dunkler Schwarm von Faltern tauchen die Gegenstände aus dem Scheinwerferlicht und verschwinden wieder in den Nebelfetzen. Hell erleuchtete Schaufenster. Vorübereilende Nachtschatten. Ein durch die Kurve schlingernder Wagen ohne Licht.

Es ist bald Mitternacht. Mir wird klar, dass ich wieder einen Tag weniger zu leben habe. Das ist nicht gerade etwas, das mich von anderen Menschen unterscheidet. Aber es wird vermutlich nicht so viele Leute geben, die sich entschieden haben, an ihrem siebzehnten Geburtstag zu sterben.

Der Bus hält. Endstation. Der Busfahrer fragt, ob er mir helfen kann. Ich schüttele den Kopf.

Vorsichtig nehme ich die Stufen ins Freie. Den Koffer ziehe ich hinterher. Mondlicht fällt auf den Schnee. Der Wald hinter den Wohnsilos ist schwarz, der Himmel leer und kalt.

Zweifelnd denke ich, dass der Winter nicht gerade die ideale Jahreszeit ist, um von zu Hause fortzugehen. Aber man geht ja fort, wenn einem danach ist. Und nicht etwa, wenn das Wetter gerade schön ist.

Solveig wartet wie verabredet.

»Emelie!«, begrüßt sie mich.

Sie ist die Einzige, die »Emelie« auf der letzten Silbe betont. Mit einer Bewegung greift sie nach dem Koffer, mit der anderen nimmt sie mich an die Hand.

Solveig hat mich beim Kinderarzt kennengelernt. Da ist sie als Arzthelferin beschäftigt. Das ist jetzt mehr als zwölf Jahre her. Sie weiß alles über meine Krankheit. Der Arzt war damals ratlos. Die eigentliche Diagnose stammt von ihr.

Sie sieht mich an. Ihr Blick zeigte vom ersten Moment an keine Abscheu. Kein Entsetzen. Nicht einmal Verwunderung.

In dieser Nacht lässt mich Solveig in ihrem großen Bett schlafen. Vorher zeigt sie mir, dass der Himmel nicht leer ist. Wir löschen das Licht.

Ich sehe durch das riesige Teleskop auf ihrem Vorstadtbalkon. Die Kälte hat den Nebel aufgesogen. Ich blicke in eine klare Februarnacht. Es ist das Jahr 2016. Am Südhimmel zeigt sie mir das große Wintersechseck um den Himmelsjäger Orion. Sie sagt mir, wie ich den drei Gürtelsternen nach links unten folge. So träfe ich auf den *Großen Hund* mit dem hell funkelnden *Sirius*.

Ich lausche ihren leisen, fast geflüsterten Anweisungen. In der Gegenrichtung nach rechts oben erreiche ich den *Stier* mit dem rötlichen *Aldebaran*. Noch ein Stück weiter trifft mein Blick auf die *Plejaden*. Hoch im Osten leuchtet

Jupiter. Im Nordosten balanciert der *Große Wagen* jetzt auf der Deichselspitze. Es ist so schön, dass ich nichts sagen kann. Auch weil es spät ist, reden wir nicht mehr. Solveig sagt sowieso, ich solle nicht nur reden. Reden sei wichtig. Aber noch wichtiger wäre es, alles aufzuschreiben.

Ich frage sie nicht, für wen das wichtig sei. Am liebsten würde ich die Zeit mit ihr so verbringen, dass ich bei dem Gedanken daran nicht darauf käme, dass überhaupt Zeit vergangen ist.

Als ich am nächsten Morgen erwache, sitzt sie bereits bei mir. An ihrem Blick sehe ich, dass sie schon lange dort wartet. Sie erzählt mir, was ich ihrer Meinung nach für die bevorstehende Reise alles wissen muss.

»Solveig«, sage ich. »Ich bin doch nur drei Tage fort«. Das ist nicht die Wahrheit. Trotzdem kann ich sie ansehen, ohne dabei rot zu werden.

»Aber du bist erst sechzehn«, entgegnet sie.

»Schon sechzehn«, korrigiere ich.

»Du hast recht«, sagt sie.

Einen Augenblick lang ist es ganz still. Wir sehen uns an und wissen beide nicht, ob wir lachen oder weinen sollen. Wir entscheiden uns für das Lachen.

Solveigs Lachen ist hell. Es klingt nach den Windspielen, die mein Vater überall in unserem kleinen Schrebergarten in den Zweigen angebracht hatte, als ich ganz klein war. Mein Vater hat uns verlassen. Die Windspielzeuge sind geblieben. Und es klingt nach einem bestimmten Wind, der manchmal an einem Frühlingstag durch die Wipfel der Bäume streicht.

Bei uns in Deutschland tragen die Winde keine Namen. Das ist schade, denn sonst hätte Solveigs Lachen jetzt einen Namen.

»Wirst du deine Medikamente nehmen?«

Ich nicke. Der Tag ist noch nicht alt und das ist jetzt bereits die zweite Lüge.

»Du hast noch Zeit. Ruh dich aus«, sagt Solveig. Zwei Minuten später bringt sie mir doch das Telefon. »Deine Mutter«, flüstert sie verschwörerisch.

Ich stelle mein Hörgerät lauter. Es ist das letzte Mal, dass ich mit meiner Mutter spreche. Sie kann es nicht wissen. Ich versuche, mir nichts anmerken zu lassen. Ich setze mich auf.

Angestrengt sehe ich aus dem Fenster. Solveigs Wohnung liegt im achten Stock. Ohne Aufzug würde ich das nicht mehr schaffen. Der frühe Tag hat ein perlmuttfarbenes Licht angenommen. Heute erscheint mir der Blick über die Stadt, als ob man auf eine Leinwand sehen würde. Das Licht trifft Häuser und Straßen nicht von außen, sondern leuchtet aus deren Tiefe. So, wie auf einer Fotografie.

Ich greife zu meiner Kladde. Mit zitterndem Stift schreibe ich auf, was ich bis hierher für meine Geschichte halte. Doch wozu? Meine Mutter hat mal gesagt, an der Vergangenheit hängt nur, wer keinen Mut für die eigene Zukunft hat.

Ich weine lautlos.

Am Tag meiner Geburt, am 11. August 1999, hörten plötzlich, mitten am Tag, die Vögel auf zu zwitschern. Die Blumen schlossen ihre Kelche. Ein kühler Wind wehte über das Land. Es herrschte augenblicklich finstere Nacht. An diesem Tag verfinsterte der Mond zum letzten Mal in dem Jahrtausend die Sonne. Durch die Bewegung des Mondes und der Erde raste der Schatten des Mondes mit einer Geschwindigkeit von maximal 7200 Kilometer pro Stunde über die Erdoberfläche. Zum ersten Mal seit 1706 verfinsterte sich die Sonne über Deutschland.

Die alten Isländer glaubten übrigens, dass bei einer totalen Sonnenfinsternis ein Ungeheuer den roten Feuerball verschlingt.

Nachdem der Schatten des Mondes von 11:30 Uhr bis 12 Uhr fast über den gesamten Nordatlantik gefallen war, erreichte er Deutschland um 12:30 Uhr. Um 12:33 Uhr wurde ich in Stuttgart geboren. So hat es mir meine Mutter erzählt.

Ich konnte es später nachlesen, da sie alle Zeitungsberichte zu diesem Ereignis aufgehoben hatte. Ich weiß nicht, ob das ein schlechtes Zeichen war. Außerdem verlief meine Geburt ohne Komplikationen.

14

Meine Eltern waren beide Anfang dreißig. Ihre Arbeitszeit als Hebamme hatte meine Mutter schon bald nach meiner Geburt reduziert.

Mein Vater war Fotograf. Außerdem schrieb er Bücher. Er arbeitete viel. Meiner Familie ging es nicht schlecht. Wir wohnten damals in einer schönen Wohnung in Stuttgart-Kräherwald.

Über die ersten zwölf Monate meines Lebens kann ich nicht viel sagen. Meine Mutter hat darüber nichts aufgeschrieben.

Aufgrund der Ereignisse, die dann in mein Leben und damit auch in das meiner Familie traten, hatte sich meine Mutter wohl angewöhnt, eine Art Tagebuch zu führen. Ich möchte es einmal so ausdrücken: Ich hatte Gelegenheit, es vor meiner Abreise zu lesen. Damit möchte ich nicht sagen, dass das, worüber ich berichte, auch meine Sicht der Dinge ist. Es zeigt, wie meine Mutter die Ereignisse sieht. Bevor ich dann, im Alter von sieben Jahren, selbst angefangen habe, ein Tagebuch zu führen. Ein Heft für jedes Jahr.

Irgendwann wusste ich, dass diese Sammlung klein bleiben würde. An meinem sechzehnten Geburtstag habe ich mein vermutlich letztes Buch begonnen.

Aber man weiß nie.

Ich schien ein ganz normales Kind zu sein, schrieb meine Mutter. Allerdings hatte ich schon nach einigen Wochen eine Blutinfektion. Meine

Haut war plötzlich dünn und trocken. Ich aß nicht und nahm nicht zu.

Als ich ein Jahr alt war, ernährte man mich über eine Nasensonde. Fünfmal am Tag 200 Milliliter. Meist erbrach ich mich nach den Mahlzeiten. Natürlich machten sich meine Eltern Sorgen. Immer und immer wieder wurde ich untersucht. Meine Mutter schrieb, dass sie sich oft die Ahnungslosigkeit dieser Zeit zurückwünsche. Die Sorge sei leichter zu ertragen gewesen als die Wahrheit.

Unser Kinderarzt war ratlos. In der Klinik wusste man nicht weiter. Meine Haut wurde immer rauer und trockener. Deutlich konnte man die Venen darunter sehen. Ich war sehr mager. Mein Gesicht war klein. Die Nase ragte daraus hervor wie der Schnabel eines Vogels.

Ich wuchs nicht. Mein Haar war fadendünn. Ich hatte nur ganz wenige feine, lange Haare, und sie fielen mir aus.

Und eines Tages nahm Solveig in der Arztpraxis meine Mutter zur Seite. »Ihr Kind hat eine sehr ernste Krankheit«, sagte sie zu ihr. Sie zeigte ihr verschiedene Bilder. Dann überreichte sie meiner Mutter eine umfangreiche Mappe mit Unterlagen.

Während eine Arzthelferin auf mich aufpasste, nahm Solveig sich in den nächsten Stunden die Zeit, meiner Mutter die Wahrheit so schonend wie möglich beizubringen.

16

Am Ende sagte sie ihr, dass ich unter Progerie litt.

Meine Mutter wurde am nächsten Tag sehr krank. Sie war viele Wochen nicht in der Lage, arbeiten zu gehen.

Progerie ist ein Krankheitszeichen verschiedener Erbkrankheiten. Die führen zu einer vorzeitigen Vergreisung der betroffenen Kinder. Diese äußerst seltene und unheilbare Krankheit hat zur Folge, dass viele Organe im Zeitraffer altern. Die Glieder versteifen sich. Auf der Haut zeigen sich braune Altersflecken. Die Augen treten hervor.

Es war sicher, dass meine Eltern erfahren würden, was die Natur eigentlich ausgeschlossen hat: das eigene Kind vergreisen zu sehen.

Die betroffenen Kinder leiden unter Krankheiten, die sonst eher alte Menschen haben. Arthrose, Osteoporose und Arterienverkalkung treten häufig auf. Außerdem liegen häufig Fehlstellungen der Gelenke vor. Die Kinder, die erkrankt sind, werden meist nicht größer als einen Meter. Selten erreichen sie das achtzehnte Lebensjahr.

Im Durchschnitt werden Kinder, die unter Progerie leiden, dreizehn Jahre alt. Einige wenige erreichen auch das Erwachsenenalter. Zu den häufigsten Todesursachen gehören Herzinfarkt und Schlaganfall.

Der Kinderarzt empfahl uns, um endgültige Gewissheit zu haben, eine genetische Analyse vornehmen zu lassen. Noch immer missdeuteten viele Ärzte die Symptome als Wachstumsstörung oder Mangelernährung.

Als meine Mutter Solveig fragte, wie sie auf die Diagnose gekommen sei, zeigte sie ihr die Röntgenaufnahmen, die man schon früh von mir gemacht hatte. Da seien ihr, als sie die Bilder mit denen von Gleichaltrigen verglichen habe, die typischen Veränderungen am Schlüsselbein und an den Handknochen aufgefallen. Das sei symptomatisch für Progerie-Patienten.

Meine Mutter wollte von ihr wissen, warum sie sich denn ausgerechnet für diese seltene Krankheit interessiere. Solveig habe sie nur ausdruckslos angesehen und geschwiegen.

Auch in den folgenden Jahren hatte sie den Eindruck, dass es da etwas gab, über das Solveig nicht sprechen wollte.

Die genetische Untersuchung, die meine Eltern dann in der Klinik vornehmen ließen, brachte die Bestätigung. Ich litt unter dem Hutchinson-Gilford-Syndrom, also dem Progerie Typ I.

Meine Mutter und mein Vater versuchten, alles über die Krankheit in Erfahrung zu bringen.

Meine Mutter begann ein eigenes Tagebuch für meine Krankheit. Sie nannte es *Emelie*. Es gab nichts, was sie dort nicht aufgeschrieben hätte. *Das schönste Geschenk ist die gemeinsame Zeit. Denn keiner weiß, wie viel uns davon bleibt,* schrieb

18

sie gleich auf der ersten Seite. Das war so eine Art Programm, denke ich.

Die Wiedergabe wissenschaftlicher Fakten wechselte mit der für mich quälenden Wiedergabe ihrer Gefühle, ihres Schmerzes. Ihrer Verzweiflung. Als ich es las, fragte ich mich oft: Das soll ich sein?

Meine Mutter begann stets ganz nüchtern. Indem sie zum Beispiel feststellte, dass es zu Progerie durch Veränderungen im menschlichen Erbgut komme. Davon betroffen sei das Lamin A-Gen. Ich war mir sicher, dass meine Mutter keine Ahnung hatte, was das Lamin A-Gen war. Dieses Gen sei zuständig für die Herstellung des Proteins Lamin A. Zu dessen Funktionen gehöre es vor allem, die Zellkerninnenseiten zu stabilisieren. Lamin A reguliere zudem das Ablesen des Erbguts und habe Anteil an der Zellteilung.

Die Progerie sorge nun dafür, dass es zum Vertauschen einer Base innerhalb des Lamin A-Gens komme. Nicht mehr als eine Verwechslung. Nur: Diese Verwechslung hat zur Folge, dass mein Körper eine unzureichende Version des Eiweißes herstellt. Diese Veränderung aber führe nun zu einer Schwächung der Zellkernhülle, was wiederum Auswirkungen auf die Zellteilung habe. Und genau dieser Vorgang ist verantwortlich für den vorzeitigen Abbau der Erbinformation.

Und das bedeutete, dass ich fünf- bis achtmal

schneller alterte als andere Menschen. Ich alterte im Zeitraffer.

Natürlich hatten meine Eltern die stärksten Schuldgefühle. Was hatten sie falsch gemacht?

Es wurde auch nicht besser, als sie in Erfahrung brachten, dass die Veränderungen des Erbgutes beim Hutchinson-Gilford-Syndrom zufällig entstehen. Man weiß bis heute nicht, wodurch es zu einer Mutation des Gens kommt.

Doch ganz gleich, was sie herausfanden, es blieb die entsetzliche Tatsache, dass ich bald sterben würde.

Ich hatte den Eindruck, dass meine Mutter mit all der Anhäufung von Fakten versuchte, dem für sie unbegreiflichen Geschehen einen Sinn zu geben.

Was mein Vater wirklich fühlte und dachte, fand ich nie heraus. Ich glaube, er hatte Angst vor dem, was vor seinen Augen mit seinem Kind geschah. Meine Mutter behauptete, deshalb habe er uns verlassen.

Sie begann ihr Tagebuchritual manchmal nur mit einer einzigen Passage wie »Eine Heilung der Progerie ist nicht möglich. Daher beschränkt sich die Therapie auf die Behandlung der Symptome«. Sie ging dann dazu über, unseren Tagesablauf zu schildern. So, als sei sie jemand anderes und ich nur ein Kind in Pflege. Unvermittelt beschrieb sie dann ihre Gefühle. Sie fand niemals eine Mitte zwischen diesen Ebenen.

Bis ich, im Alter von fünf Jahren, in die Schule kam, wusste ich nur, dass ich »krank« war.

Mit drei Jahren hatte ich die Größe und das Gewicht einer Einjährigen. Ich konnte nicht mehr als fünfzehn Schritte laufen, ohne außer Atem zu geraten. Ich fiel ständig hin. Bereits mehrfach hatte ich mir Arme und Beine gebrochen. Ich hatte keine Haare, keine Augenbrauen, keine Wimpern mehr. Unter meinen Augen hingen große, faltige Tränensäcke. Mein Aussehen glich dem einer achtzigjährigen Greisin.

Dennoch hatte ich Bedürfnisse wie andere Kinder auch. Meine Mutter versuchte, sie zu erfüllen, so gut es eben ging.

In den ersten Jahren versteckte mich meine Mutter vor der Öffentlichkeit. Ich ging niemals mit einkaufen. Wir verbrachten keinen Urlaub mehr in fernen Ländern. Wenn ich etwas von der Welt sah, dann nur durch die getönten Scheiben unseres Autos, mit dem mich meine Mutter durch die Stadt und über das Land fuhr. Ich kannte nichts anderes. Dir wird ein Ausschnitt der Welt gezeigt, und du musst es für *die* Welt halten.

Meine Mutter versuchte, mich vor etwas zu schützen. Oder versuchte sie, die Welt vor mir zu schützen?

Es war wieder Solveig, die sie davon überzeugte, dass es nicht sinnvoll sei, mich zu verstecken. Sie überredete meine Mutter, mit mir an-

dere Progerie-Kinder und deren Familienange-
hörige zu treffen.

In Deutschland gebe es einmal im Jahr ein
Europa-Treffen des Progerie Family Circle. Dort
träfen sich Progerie-Kinder mit ihren Eltern.
Meist wären es nur die Mütter, Geschwister und
Ärzte, um sich kennenzulernen und miteinander
zu spielen. Am wichtigsten aber wäre die Erfahrung, nicht alleine auf der Welt zu sein.

Von meinem zweiten Lebensjahr an versuchte
Solveig, meine Eltern von der Wichtigkeit dieses
Treffens für uns alle zu überzeugen. Aber erst
als ich vier Jahre alt geworden war, überwand
meine Mutter ihr Zögern.

Meine Mutter und ich fuhren das erste Mal
auf ein Treffen. Mein Vater war da schon aus
meinem Leben verschwunden.

Es war ein kleiner Ort irgendwo in der Eifel.
Den Namen habe ich vergessen. Auch, wenn
mein Gedächtnis gut funktioniert und meine
Intelligenz weit über der gleichaltriger Menschen liegt, kann ich mir Namen nicht merken.
Vielleicht ist es auch so, dass ich mir sie nicht
merken möchte.

Ich war vier, und ich kann das alles ja nur aus
der Perspektive meiner Mutter wiedergeben.

Zum ersten Mal in meinem Leben fand ich
dort einen Freund. Er hieß Jasper. Jasper ist im
November letztes Jahr gestorben. Kurz vor sei-

nem zwölften Geburtstag. Und es war im November 2003, als ich das erste Mal in meinem Leben begriff, dass ich nicht alleine war.

Meine Mutter führte mich in einen Raum voller Kindgreise. Winzige Wesen ohne Haare, ohne Augenbrauen mit hervortretenden Venen und Armen und Beinen dünn wie Streichhölzer tollten durch den Raum. Sie schrien und lachten, während andere still in den Ecken saßen. Es war, als würde man sich wie in einem gewaltigen Spiegel begegnen, der den eigenen Körper dutzendfach brach und in einem imaginären Raum wieder hervorschleuderte, bis ich schließlich begriff: Es gibt Menschen wie dich.

Die meiste Zeit in dieser Woche verbrachte ich im Spielraum und in der kleinen Sporthalle. Dort wurden Märchenspiele, Ballsportturniere und Theaterworkshops veranstaltet. Wir machten einen Ausflug in ein nahegelegenes Bergwerk. Wir gingen ins Kino und besuchten ein großes Volksfest.

Auf dem ersten dieser Ausflüge geschah es.

Nachdem wir das Bergwerk verlassen hatten, lief ich im Übermut voraus.

In der plötzlichen Helligkeit verlor ich die Orientierung. Ich verlief mich. Ich landete im Gastraum eines am Parkplatz gelegenen Cafés. Eine Frau starrte mich an. Kinder sprangen auf. Die Kellnerin, ein junges hübsches Mädchen, sah mich entgeistert an. Das Tablett zitterte in ihren

Händen. Es war, als hätte ich in einen Zerrspiegel geblickt. Als hätte ich eine bislang verborgene Tür geöffnet.

Einen Augenblick lang herrschte Stille. Das Leben schien auf die merkwürdigste Art eingefroren. So, wie auf einer alten Fotografie.

Danach teilte ich mein Leben in die Zeit vor diesem Ereignis und in eine Zeit danach ein. Zumal die Jahre bis zu diesem Tag für mich nur aus der Überlieferung meiner Mutter wiederherzustellen sind. Von diesem Tag an führte ich, ich konnte bereits seit einem Jahr lesen und schreiben, ein eigenes Tagebuch. Aber eigentlich ist das eine Legende. Meine Mutter hat mir später erzählt, dass ich angefangen hatte, Tagebuch zu schreiben, als mein Vater uns verließ. Die Wahrheit ist: Sie hat dieses Tagebuch für mich geschrieben und es mir später gegeben.

Mein Vater, der mit meiner Krankheit nicht zurechtkam, war eines Nachts einfach fortgegangen. Das Einzige, was von ihm noch da war, war das Geld, das er jeden Monat für mich auf Mutters Konto überwies.

Tagebuch zu schreiben, war nicht einmal ein festes Vorhaben. Oder etwas, das ich schon lange geplant hatte. Ich schrieb von nun an einfach nur auf, was ich erlebte.

Ich hatte bisher nicht begriffen, dass ich in diesen Tagen ja ständig mit Menschen zusammen war, die mein Schicksal als Betroffene oder

24

Angehörige teilten. Jetzt aber begegnete ich der Welt, vor der mich meine Mutter bisher verborgen gehalten hatten.

Meine Mutter gab zu, mich in mein Zimmer gesperrt zu haben, wenn Besuch kam. Oder lange von einer schweren ansteckenden Krankheit gesprochen zu haben. Außer Solveig und ganz engen Verwandten wusste niemand von meinem Schicksal. Die anderen, so musste ich denken, vergaßen meine Existenz allmählich.

Jetzt aber musste ich lernen, dass es um mich herum eine Unzahl neuer und unbekannter Menschen gab. Und dafür war ich nicht aufnahmefähig.

Schon als kleines Kind fürchtete ich, mich in dieser Menge zu verlieren. Das blieb ein Gefühl, das nie mehr von meiner Seite wich. Etwas, das bisher nur in mir geschlummert hatte, wachte in diesem Moment auf und rief in meinem Charakter Veränderungen hervor, die mir unter anderen Umständen wohl erspart geblieben wären.

Die plötzliche Begegnung mit der Außenwelt führte dazu, dass ich nun häufig nicht sagte, was ich dachte. Ich verhielt mich nicht so, wie ich mich vielleicht hätte verhalten sollen.

Mir erschien es wie eine Ewigkeit, bis sich das Bild in diesem Café vor mir aufzulösen begann. Bis ich wieder anfangen konnte zu atmen. Bis meine Glieder anfingen, sich aus ihrer Starre zu lösen. Das Café war fast bis auf den letzten Platz besetzt. Alle starrten mich an, während sie langsam dazu übergingen, sich wieder anderen Dingen zuzuwenden. Ich aber blieb stehen. Unfähig, mich zu rühren. Oder fortzulaufen. Oder etwas anderes zu tun.

Nur, in mir schrie etwas und hörte nicht auf zu schreien. Die Begegnungen, denen ich bis zu diesem Tag mehr oder minder zufällig oder auch bewusst, wie etwa bei unseren Besuchen in der Arztpraxis, ausgesetzt war, hatten mir nicht einmal eine Ahnung vermittelt, welch ungläubige Abscheu, welch widerwilliges Erstaunen und spürbares Unbehagen meine Erscheinung bei Kindern und Erwachsenen gleichermaßen auslöste. Ich würde nie mehr so in den Spiegel blicken können wie früher.

Irgendwann nahm mich jemand bei der Hand und führte mich hinaus. Man setzte mich in den Bus zu den anderen Kindern und den Betreuern. Auf der Rückfahrt war es ungewöhnlich still.

Am nächsten Tag ging das Treffen zu Ende. Wir fuhren nach Hause.

Es war merkwürdig, doch nach der Woche mit dem Progerie Family-Circle behandelte mich meine Mutter anders. Sie kam nicht mehr auf die Idee, mich zu verstecken.

Meine Mutter erzählte mir mit leuchtenden Augen von einem neuen Medikament. Es schien, als sei die Möglichkeit meines baldigen Todes etwas, das sie nicht mehr unmittelbar betraf. So wie der Tod immer etwas war, das unendlich weit weg schien.

Auch die Tatsache, dass sie die Gelegenheit genutzt hatte, sich mit den anderen Familienangehörigen und den anwesenden Ärzten über alle möglichen Therapien auszutauschen, bekam ich in nächster Zeit deutlich zu spüren.

Ich ging noch häufiger zur Physiotherapie als bisher. Das sollte die Durchblutung verbessern und steifen Gelenken vorbeugen. Badezusätze und Lotions halfen, meine empfindliche Haut zu schützen.

Meine Mutter reagierte nicht mehr so ängstlich, wenn mein Blutdruck dramatisch stieg. Sie schaffte es, mich zu beruhigen, wenn ich plötzlich panisch schrie, weil mein Herzschlag zu rasen begann.

Und ich erhielt ein neues Medikament. Neben Statin, mit dem normalerweise Herz-Kreislauf-Erkrankungen behandelt wurden, bekam ich schon länger ein Bisphosphonat. Das wird bei Knochenschwund verschrieben. Zusätzlich erprobten die Ärzte einen sogenannten Farnesyl-Transferase-Inhibitor, den man kurz FTI nennt, an mir. Eigentlich ist FTI ein Krebsmedikament. Studien an Mäusen hatten gezeigt, dass FTI die Symptome der Progerie hinauszögern und die Lebenserwartung erhöhen kann.

Das mit den Mäusen hatte man mir erzählt. Ich weiß noch, dass ich dachte: Ich bin doch keine Maus. Die Ärzte sagten, das Medikament könne dafür sorgen, dass mein Gewicht wieder zunähme. Dass ich besser hören würde. Dass ich eine stabilere Knochenstruktur bekäme und elastischere Blutgefäße.

Ich glaube, das Wichtigste an dem ersten Progerie-Treffen war aber, dass niemand von uns mehr das Gefühl hatte, allein zu sein.

Für meine Mutter war es ein beruhigendes Gefühl zu wissen, dass es irgendwo in Europa jemanden gab, den sie anrufen konnte. Jemand, der sie verstand, weil er in der gleichen Situation war wie sie.

Und ich? Ich hatte das Gefühl, meine Mutter war froh, etwas gefunden zu haben, das sie von dem Gedanken ablenkte, ihr Kind könne vor ihr sterben. Aber das würde ich ja. Ich wusste es einfach.

Von dieser Zeit an fühlte ich mich meiner Mutter überlegen. Sie musste mich nicht mehr trösten oder sich schuldig fühlen. Ich war es ja, die sie trösten musste. Möglicherweise war das Leben von diesem Punkt an etwas unkomplizierter. Das änderte sich nicht einmal, als ich in die Schule kam. Meine Mutter entschied, dass ich die Freie Waldorfschule Kräherwald besuchen würde. Ich sollte einen normalen Schulalltag führen. Sie lehnte es ab, mich in eine spezielle Einrichtung zu schicken, wie es die Ärzte empfohlen hatten.

Kinder sind besonders im Umgang mit Phänomenen wie mir. Ihr Erstaunen, von anderen Gefühlen ganz zu schweigen, hält nicht an. Mein erster Anblick hatte die anderen Kinder und die Lehrer erschreckt. Die Kinder trauten sich nicht, mit mir zu spielen. Sie schauten mich immer nur an. Doch das ging schnell vorbei. Es dauerte zwei Tage, bis ich eine von ihnen war. Für sie war es nicht weiter verwunderlich, dass meine Kraft und mein Atem nur für die wenigsten Spiele reichten. Wenn es um Schnelligkeit ging, zog ich immer den Kürzeren.

Dafür konnte ich bereits flüssig lesen. Und ich konnte schreiben. Auch die meisten Aufgaben im Unterricht stellten mich vor keinerlei Probleme.

Der Stift in meinen Händen zittert nicht mehr. Ich sitze immer noch hier in Solveigs Zimmer, das Heft auf meinen Knien.

Solveig wird mich bald zum Bahnhof bringen. In meinen Ohren rauscht es. Wenn ich allein im Zimmer bin, schalte ich das Hörgerät meistens aus. Ich lausche dann diesem Rauschen nach wie einer fernen Brandung. Oder dem Wind in den Bäumen. Erst als ich aufstehe, merke ich, dass Solveig in der Türöffnung lehnt. Ich weiß nicht, wie lange sie schon dort steht. Ihre Lippen formen meinen Namen. *Emelie*, sagt sie. *Emelie*.

3

Die ältesten Lebewesen der Welt

EMELIE. WENN MICH jemand bei meinem Namen nennt, sollte ich eigentlich reagieren. Das Gegenteil ist der Fall. Vielleicht habe ich durch ein Nicken des Kopfes angezeigt, dass ich verstanden habe.

Vielleicht habe ich ein *Ja* gemurmelt. Vielleicht schaue ich mein Gegenüber so an, dass er oder sie denken muss, ich höre zu. Vielleicht laufen wir schon längst durch das Treppenhaus. Oder sitzen in Solveigs Wagen, auf dem Weg zum Busterminal. Das Wort *Emelie* hallt in meinem Kopf. Es übertönt alles.

So wie das Rauschen in meinen Ohren. Vielleicht kommt das vom Blutdruck. Oder den Medikamenten. Oder weil ich viel zu lange versucht hatte, wie eine Muschel zu leben.

Das Rauschen, das beständig in meinen Ohren tönt, erinnert mich an eine Geschichte, die mir meine Mutter einmal erzählt hat. Ich hatte ein Bild in der Zeitung gesehen. Es faszinierte mich gleich, und ich hatte mit den Händen darauf gezeigt. »Was ist das?«, fragte ich sie.

Die Fotografie zeigte eine Muschel. Ihre Haut war weißlich bis bräunlich mit dunkler, schwärzlicher Außenhaut und konzentrisch feinen Riefen. Die Schale war dick und rund. Vor der Mitte trug sie nach vorne weisende Wirbel.

»Das ist das älteste Lebewesen der Welt, Emelie. Eine Islandmuschel.«

Meine Mutter wollte früher einmal Meeresbiologin werden.

»Islandmuscheln leben dicht unter dem Meeresboden eingegraben. Du findest sie in etwa zwanzig bis vierhundert Metern Wassertiefe.«

»Wie alt werden sie?«

»Na, die hier ist fünfhundertsieben Jahre alt.«

Ungläubig sah ich sie an.

»Man kann das so genau feststellen«, beeilte sie sich zu erklären«, weil die Muschelschalen solche Jahreslinien oder Tageslinien bilden. Du kannst dir das als eine Art Kalender vorstellen. Diese Muschel hat eine biologische Uhr wie wir auch. Warum wachen wir morgens auf und warum werden wir abends müde? Bei der Islandmuschel ist der Auslöser für das jährliche Unterbrechen des Wachsens der Schale die Temperatur im Meer. Wenn sie am höchsten ist, hört die Muschel auf zu wachsen. Sie zählt die Tage nach dem Temperaturmaximum und gibt dann Eier und Spermien ins Wasser ab. Die Schalen der Muscheln verraten den Forschern alles.«

»Werden alle Muscheln so alt?«

»Nein. Nur ganz wenige. Die Fischer zerstören die meisten mit ihren Schleppnetzen. Aber ihre Schale kann Millionen Jahre alt werden.«

»Können wir nicht von der Muschel lernen und auch viele Jahrhunderte alt werden?«

Meine Mutter lachte. »Bloß nicht. Nein, so einfach ist das nicht. Die Islandmuschel«, erklärte sie mir, »nutzt das Atmen gleich zum Fressen. Sie hat Kiemen. Und aus dem Wasser, das da durchströmt, filtert sie ihre Nahrung. Manchmal graben sie sich tagelang in den Schlamm auf dem Meeresgrund ein. Dabei sinkt die Frequenz ihres Herzschlags auf ein Zehntel. Die Islandmuschel hat sogar einen Fuß, mit dem sie sich gern im Meeresboden verankert. Dann wartet sie. Oft Jahrzehnte oder Jahrhunderte. Das können wir nun mal nicht, Emelie.«

Später musste ich noch oft an dieses Gespräch denken. Ich stellte mir vor, dass diese Muschel, deren Bild in der Zeitung abgedruckt war, schon lebte, als Vasco da Gama 1499 den Seeweg nach Indien fand. Die Muschel hatte den Dreißigjährigen Krieg überlebt. Sie war ein Zeitgenosse Goethes. Sie blieb von den Wirren der Französischen Revolution verschont. Sie hatte zwei Weltkriege überstanden. Vielleicht war ihr Erfolgsrezept, dass sie einfach abtauchte, wenn man sich ihr näherte. In unregelmäßigen Abständen schloss sie ihre Schale und grub sich in den Untergrund. Irgendwann tauchte sie wieder auf. Und sah immer noch genauso aus wie vorher.

Das ließ mir keine Ruhe. Ich las alles über *arctica islandica*, was ich irgendwo finden konnte.

Ich sehnte mich danach, ihre porzellanartige Schale zu berühren. Ich wollte sie unbedingt nur einmal sehen, das älteste höher entwickelte Lebewesen der Welt.

Ich erzählte der Biologielehrerin von meiner Entdeckung. Sie freute sich, dass ich mich für ihr Fachgebiet interessierte. Sie setzte sich nach dem Unterricht mit mir vor das Aquarium. Erst jetzt bemerkte ich, dass hinter den hohen Glaswänden nicht nur Fische schwammen. Im Sand waren auch Muscheln vergraben.

»Muscheln sind einfach überall«, erklärte sie mir. Je nach Standort liefern sie uns wichtige Informationen darüber, wie sich das Klima entwickelt. Sie zeichnen Vulkanausbrüche auf Island oder einen Hurrikan in Amerika auf. Stell dir vor, sie können uns sogar verraten, ob die frühen Indianervölker an der kanadischen Westküste Muscheln bei Vollmond oder Neumond gesammelt haben! Und bei Umweltverschmutzung wachsen ihre Schalen langsamer, denn Muscheln sind äußerst empfindlich.«

»Aber ist das nicht ziemlich langweilig? Das ganze Leben im Schlick zu verbringen, Wasser zu filtern und zu hoffen, dass einen kein Fischer fängt?«

»Tja, Emelie. Das ist genauso wie bei uns Menschen. Der erste Eindruck täuscht. Während die Muschel im Schlamm ist, vollbringt sie Unglaubliches.«

Meine Lehrerin fügte an dieser Stelle eine effektvolle Pause ein.

»Sie hat ihre Alterung aufgehalten. Wenn die Muschel ihre Schale schließt, bekommt sie keinen Sauerstoff mehr. Du kannst dir vorstellen, dass das für die meisten Tiere ein Todesurteil wäre. Für diese Muschel ist es eine Verjüngungskur. Denn die Islandmuschel kann ihren kompletten Stoffwechsel – du erinnerst dich an den Unterricht vor den Ferien? – umstellen. Und zwar so, dass sie ohne Sauerstoff auskommt.« Sie sah mich einen Augenblick nachdenklich an. »Was vielleicht noch ganz interessant ist, in dieser Phase kann auch nichts ihr Erbgut schädigen.«

»Da kann man ja neidisch werden.«

»Könnte man. Aber auch für Islandmuscheln ist das Leben nicht immer gerecht. Denn vor der Küste von Island können die Tiere durchaus mal zweihundert Jahre und älter werden. In der Ostsee dagegen wird kein Tier älter als vierzig. Daran siehst du, dass die Herkunft über das Schicksal der Muscheln entscheidet.«

»Das heißt, wenn man ganz alte Muscheln finden möchte, muss man nach Island.«

Meine Lehrerin lachte. »Vermutlich. Die Ostsee ist einfach ein noch junges Meer, in dem Salzgehalt und Temperatur schwanken. Für die Islandmuscheln bedeutet das Stress. Sie lieben aber die Geruhsamkeit.«

34

»Lebt die Muschel allein?«

Sie schüttelte den Kopf. »Nein, sie lebt in Kolonien mit vielen tausend anderen Muscheln. Allerdings bleibt jede Muschel in der Masse für sich allein, zwischen ihre beiden Schalen geklemmt. Und sie pflanzt sich ungeschlechtlich fort.«

»Isst sie auch jeden Tag dasselbe?«

»Tagein, tagaus Zooplankton.«

Die Schulglocke klingelte. Ich war schon an der Tür, als ich mich noch einmal umdrehte. »Ist nicht unbedingt toll, so lange zu leben, oder?«

»Für uns Biologen schon, Emelie. In der Schale der Muschel lesen wir wie in einem Buch aus alten Zeiten.«

Ich las alles über *arctica islandia*. Ich versuchte, möglichst lange und überall zu schlafen, tief eingegraben in Kopfkissen und Bettdecken. Als könnte ich den Verlauf meiner Krankheit aufhalten. Viele Wochen lang versuchte ich, wie die Muschel zu leben. Zumindest das Rauschen in meinen Ohren konnte ich hören. Offenbar enthielt ihre Art zu existieren doch das Geheimnis ewiger Jugend. So erschien es mir jedenfalls.

»Emelie«, sagte meine Mutter eines Tages zu mir, »du solltest das lassen. Du bist nun mal keine Muschel.«

»Warum werden wir überhaupt älter?«, fragte ich sie.

»Es ist nun mal eine Tatsache, dass jedem physischen Organismus ein Ende gesetzt ist. Auch deine Muschel hat kein ewiges Leben. Es ist eine Tatsache, dass wir alt und krank werden und sterben. Und wenn man älter wird, bemerkt man, welche Probleme das mit sich bringt. All das Hässliche. Und wie man mit zunehmendem Alter immer teilnahmsloser und unsensibler wird. Vielleicht merkst du«, fügte meine Mutter an und lachte, »dass ich über Großmutter spreche. Das Alter wird zum Problem, wenn man nicht zu leben versteht. Vielleicht hat man auch nie richtig gelebt. Das drückt sich dann in unserem Gesicht, unserem Körper, in unserem Verhalten aus. Dazu kommt noch die Traurigkeit des Altwerdens, in der Erinnerung an all das Vergangene.« Sie hielt inne. »Vielleicht, Emelie, entdecken die Wissenschaftler ja eine Pille, die unser Leben noch um viele Jahrzehnte verlängert. Doch am Ende steht immer der Tod. Weißt du, wenn man das Leben nur als eine Flucht vor dem Tod versteht, ist es sinnlos. Es mag sich ja merkwürdig anhören, aber leben bedeutet eigentlich zu sterben. Jeden Tag in einem Zustand zu sein, in dem man bereit ist, alles hinter sich zu lassen.« Sie nahm mich in ihre Arme.

»Fürchtest du dich denn gar nicht vor dem Tod, Mama?«

Sie seufzte. »Das ist es ja gerade. Ich fürchte mich vor dem Unbekannten, das eintreten könnte. Ich fürchte mich davor, dass du mich verlassen könntest. So, wie dein Vater uns verlassen hat. Ich fürchte mich davor, die Dinge, die ich kenne, loszulassen, obwohl sie es doch gerade sind, mit denen Leid, Schmerz, Verzweiflung, Kampf und manchmal ein Moment der Freude verbunden sind. Das ist es, was wir Leben nennen. Und von dem zu lassen, fürchten wir uns so.« Ihre Hände streichelten über meinen Kopf. »Ach, Emelie. Das Einzige, worauf es ankommt, ist das, was du heute bist. Wie du dich verhältst. Nicht nur nach außen, sondern auch nach innen. Was sind wir schon? Ein Haufen Wörter, Erinnerungen, Erfahrungen. Und du bringst mir gerade bei, das alles loszulassen.«

Ich kann nicht gerade behaupten, dass ich alles verstanden hatte, was meine Mutter mir sagen wollte. Immerhin durfte ich all unsere Gespräche mit einem Tonband aufzeichnen, damit ich sie später in mein Tagebuch übertragen konnte. Jedenfalls versuchte ich nun nicht mehr, dem Leben von *arctica islandia* nachzueifern. Ich wollte nur verstehen, warum sie so anders ist als ich. Und was ich tun musste, um vielleicht so zu werden wie sie.

Die Fotografie von der Muschel erinnert mich an etwas. Etwas, das ich unbedingt noch tun möchte, bevor alles vorbei ist.

Der letzte Mensch, dem ich diese Fotografie gezeigt hatte, ist nun tot.

Niemand weiß von Pali. Pali war ein Obdachloser. Ich hatte ihn nur einen Winter gekannt.

Es ist nämlich so, dass ich immer wieder von zu Hause fortlaufe. Manchmal sind es die Schmerzen. Wenn ich laufe, vergesse ich sie. Manchmal sind es die ständigen Auseinandersetzungen mit meiner Mutter oder den Ärzten. Ich darf so vieles nicht. Ich sollte besser auf mich aufpassen. Wenn es mir zu viel wird, laufe ich fort.

Letzten November stand ich auf einmal auf einem verlassenen Fabrikgelände. Manchmal denke ich, ich träume diese Orte nur. Später finde ich sie auf keiner Karte verzeichnet. Ich kann ihnen kein Viertel und keine Straße zuordnen. Ich mag die ruinöse Schönheit zerfallender Gebäude. Sie bietet Raum für Träume. Es ist, als würde die Vielfalt der Formen und Proportionen im Zerfall wiedergeboren. So kühne Asymmetrien, reizvolle Disproportionen, unerwartete Durchblicke gibt es in keinem Stadtbild. Die zertrümmerten Fassaden sind für mich wie große Rätselbilder. Die Spuren des Verbleichens und Bröckelns, Verrinnens und Zerbrechens ziehen mich magisch an. Diese Sätze habe ich in einem Buch von meinem Vater gefunden.

Dort begegnete ich Pali. Er lebte mit anderen Obdachlosen zusammen in einer der alten Fabrikhallen. Er stand plötzlich hinter mir und legte mir die Hand auf die Schulter.

Erschrocken drehte ich mich um. Sein Hund, eine undefinierbare schokoladenbraune pudelgroße Promenadenmischung, sprang mich an und versuchte, mir das Gesicht zu lecken.

Ängstlich wich ich zurück. Ich hatte Angst vor Hunden.

Aufmerksam blickten mich Palis Augen an. In dieser Welt wurde nicht gesprochen. Das Nötigste sagten die Blicke.

Sein Ausdruck war ernst und prüfend, fast misstrauisch, aber nicht abweisend. Seine Augen waren schneller gealtert als Haut und Haar. Pali hatte den Blick eines Menschen, der weiß, dass er beobachtet wird.

Ich hatte einmal gehört, dass sich die heftigste Liebes- und Lebenssehnsucht dunkel maskiert, um vor Verletzung sicher zu sein. Das war mir nur zu vertraut. Wir verstanden uns auf den ersten Blick.

Pali lachte, nachdem er mich eine Weile betrachtet hatte. Er zeigte mir den Ort, wo er Zuflucht gefunden hatte. Ich war erstaunt, als ich erfuhr, wie viele Menschen in dieser Stadt und in ganz Deutschland auf der Straße lebten.

Es war seltsam. Die anderen Menschen, die hier mit ihm lebten, schienen den Raum, in dem sie sich aufhielten, gar nicht zu beanspruchen. Es war, als wären sie gar nicht da. Sie schienen fast sinnlos und dunkel in diese verfallenden Gebäude hineingestellt.

Ich irrte voller Begeisterung über das verlassene Areal. Es war merkwürdig, was ich dabei empfand. Was außen war, stellte offenbar keine Ansprüche. Alles war verfallen. Zerstört. Reduziert. Und fremd. Ich fand es geheimnisvoll und beunruhigend zugleich, wie sehr mein Blick beim Anblick all der zerstörten Dinge zu erstarken schien.

Pali und ich freundeten uns an. Das Fabrikgelände verließen wir nie. Ich versuchte, zwei oder drei Nachmittage in der Woche bei ihm zu verbringen. Ich brachte ihm Tüten voller Lebensmittel und warme Kleidung. Die stahl ich aus den Sammelcontainern. Wir sprachen wenig. Nur einmal erzählte ich ihm von dem ältesten Lebewesen der Welt.

Er sah mich ungläubig an. Ich spielte mit Filou, seinem Hund. Wir saßen schweigend am Feuer.

Die anderen waren meist betrunken. Pali war anders. Ich hätte nicht einmal sagen können, wie alt er war. Mir erschien er alterslos. Ich erinnere mich an seinen von den Händen aufgestützten Kopf. An seinen verhalten leeren Blick. An eine Trauer ohne umständliche Erläuterungen.

In seiner Nähe hatte ich das Gefühl, dass das Glück nicht mehr ist. Oder noch nicht ist.

Einmal zeigte er mir ein Bild, das er bei seinen wenigen Habseligkeiten aufbewahrte. Es schien ihm viel zu bedeuten. Die Kopie war schon ganz zerknittert. In der Bildmitte befanden sich ein Junge und ein Mädchen mit einem alten Fischkarren. Der Junge drehte sich zu dem Mädchen um. Er lächelte im gleichen Atemzug wie sie. Das Bild zeigte eine nordische Landschaft. Feucht glänzende Moossteine vor dem Tiefseeblau des Nordmeers. Ein heller Lichtspalt fiel vom Himmel auf die Erde. Es gab keine Laute. Keine Stimmen. Der Himmel war ein Flügelfenster vor dem Morgen oder vor dem Abend. Alles schien möglich.

Pali zeigte auf das Mädchen auf dem Bild. »Das bist du«, sagte er.

Im Januar wurde es plötzlich sehr kalt. Nachts wurde es minus zwanzig Grad. Meine Mutter ließ mich auch tagsüber nicht mehr ins Freie. Nach einer besonders eisigen Nacht hielt ich es nicht mehr aus. Ich stahl mich davon, während meine Mutter beim Einkaufen war. Unruhig lief ich über das verschneite Fabrikgelände. Ich hatte Angst. Wie angewurzelt blieb ich stehen.

An der rostzerfressenen Metalltür, die in die vorderste Fabrikhalle führte, lehnte ein Körper. Eigentlich waren es zwei, sah ich, als ich näherkam. Der Oberkörper von Pali und der Körper seines Hundes schienen aus der gleichen Hüfte zu wachsen. Was ich zuerst sah, war, den einen auf dem Schoß des anderen. Bei flüchtigem Blick schienen Hände und Pfote ein Händepaar. Fast konnte man erwarten, dass Pali, wenn er die Augen schließen würde und sich zur anderen Seite wendete, Filou wäre, als der er dort schon saß. Das Bild glich einer Trickaufnahme wie die Erscheinung aus der Geisterwelt, die das andere Ich unvermutet aus dem Kasten springen ließ.

Ich konnte meinen Blick lange nicht lösen. Ich stand nur da. Und irgendwann dann wurde mir klar, dass Pali lächelte. Seine Gesichtszüge waren heiter. Ich hatte Pali noch nie so glücklich gesehen. Es sah aus, als würden die beiden einfach nur sehr lange schlafen. Oder als würden sie einem sagen, der Tod ist nur dann schlimm, wenn man sein Lebtag auf das Glück gewartet hat, und es ist nicht gekommen.

4.

Verschwinden

SOLVEIG SPRICHT MEINEN Namen aus, als würde sie ihn flüstern. Doch ich kann ihn hören. »Emelie«, sagt sie. »Es ist Zeit. Wir müssen gehen.«

Solveig wird mich zum Bus bringen. Es wird das erste Mal sein, sagt sie, dass ich allein auf ein Progerie-Treffen reise. Kein anderes Kind ist je allein zu einem solchen Treffen gefahren. Der Gedanke, dass ich dort niemals ankommen werde, verursacht mir Herzklopfen.

Auf der Fahrt zum Bahnhof stellt mir Solveig Fragen. Sie listet alles auf, was ich im Koffer haben sollte. Sie schärft mir ein, woran ich alles zu denken habe. Sie fragt und fragt.

Ich bin erleichtert, dass der Fernbus pünktlich ist. Das Warten ist das Schlimmste. Dann starren sie dich an. Die Schüler zeigen mit dem Finger auf dich. Die Erwachsenen glotzen. Die religiös Getrösteten schenken dir mitleidige Blicke. Und die, die so tun, als wärst du normal für sie, bleiben mit ihren Blicken auf deiner Haut kleben, obwohl sie vorgeben, durch dich hindurchzusehen.

Du selbst kannst nur so tun, als würde dich das alles überhaupt nichts angehen. Als wärst du beschäftigt. Ich sehe dann immer auf meine

Armbanduhr. Oder auf die Tafeln mit den Bus-
fahrplänen. Oder ich suche mir einen Punkt auf
den Hausfassaden. Auf dem Asphalt der Straße.
Irgendwie ist der Himmel immer zu hoch.

Wenn ich abends in meinem Bett lag und daran
zurückdachte, weinte ich. Meine Mutter bot mir
immer wieder an, mich zur Schule zu bringen.
   »Du musst nicht mit dem Bus fahren, Emelie«, sagte sie. Aber eigentlich wollte sie sagen,
dass ich mir das nicht antun müsse. Sie, die mich
jahrelang versteckt gehalten hatte, glaubte zu
wissen, was ich an den hundertfünfundneunzig
Schultagen im Jahr auszuhalten hatte. Aber sie
war ahnungslos.

Der Fahrer starrt mich einen Augenblick fas-
sungslos an. Er will etwas sagen, aber dann gibt
er mir nur einfach schweigend das Ticket zurück.
   Ebenso wortlos schiebt er meinen Koffer in
den Laderaum. Die beiden Studentinnen, die vor
der Fahrertür warten, begrüßt er mit einem
Spruch, von dem er glaubt, dass er besonders
cool sei: »Also bei mir kann jeder sagen, was ich
will.«
   Die Studentinnen lächeln gequält. Manche
Leute, denke ich, muss man nur anschauen, um
zu verstehen, warum es Klettverschlüsse für Er-
wachsenenschuhe gibt.
   Solveig besteht darauf, mich zu meinem Platz

zu bringen. Wir steigen hinten ein. So brauche ich nicht durch alle Sitzreihen zu gehen. Die hinteren Plätze sind fast alle noch leer. Ich wähle einen Fensterplatz. Da der Sitz neben mir sowieso meist unbesetzt bleibt, kann der kleine Rucksack, den Solveig auf den Nachbarsitz stellt, dort bleiben. Darin sind meine Bücher. Mein iPad. Meine Medikamente. Und ein Vorratspack Granatapfelriegel.

Solveig sieht mich zögernd an. Sie nimmt mich in den Arm. Sie flüstert mehr, als dass sie es sagt: »Pass gut auf dich auf, meine Kleine.« Dann verschwindet sie. Sie dreht sich nicht noch einmal um.

Ich frage mich, ob sie etwas ahnt.

Der Bus setzt sich in Bewegung. Es ist, als ob die Häuser, Parkplätze, Einkaufsmärkte und graufleckigen Parkanlagen wie auf einem Laufband an mir vorbeigezogen werden, während der Bus sich nicht von der Stelle zu bewegen scheint. Erst auf der Autobahn verschwindet diese Empfindung.

Ich genieße das Gefühl, unbeobachtet zu sein. Die hohen Sessellehnen schützen mich vor den Blicken der anderen. Das ist der Vorteil, wenn man nur einhundertfünfzehn Zentimeter groß ist.

Über die Bildschirme flackert eine amerikanische Teenagerkomödie. Es ist stockfinster. Offenbar liegen zwei Teenager zusammen im Bett.

»Ich liebe dich«, sagt der eine.

»Ich dich auch.«

»Ich begehre dich.«

»Ich dich auch.«

»Übrigens, ich heiße Ed.«

»Ich auch.«

Niemand lacht.

Zweifel steigen in mir auf. Werde ich den Bus so einfach verlassen können? Wird der Junge, mit dem ich verabredet bin, auch wirklich da sein? Und was dann?

Ich weiß, dass mein eigenes Leben langsam vor meinen Augen verschwindet. Ich muss an Jasper denken und daran, wie plötzlich er nicht mehr da war. Und nach einem Jahr ist es schon ein bisschen so, als wäre er niemals hier gewesen.

Ich kann es sehen, wie auch mein Leben verschwindet. Aber noch bin ich da. Ich bin nicht nur da. Ich falle auf. Doch was unterscheidet mich von den Menschen, die den Anschluss an ihr eigenes Leben längst verloren haben? Die nichts mehr erkennen können? Am allerwenigsten sich selbst oder die anderen? Sind sie nicht auch längst verschwunden?

Zumindest werden sie von niemandem mehr bemerkt. Vielleicht sind es einfach zu viele. Ein riesiges Heer Unsichtbarer.

Man denkt, es sind immer nur die anderen. Man denkt nicht, dass einem das auch passiert.

46

Plötzlich die Arbeit zu verlieren. Den Freund oder die Freundin. So krank zu werden, dass einen nichts auf der Welt mehr gesund machen kann. Über Nacht alt zu werden. Von einer Minute auf die andere allein zu sein.

Und wie macht man dann aus Unsichtbaren wieder Menschen, die einander plötzlich sehen, fühlen und vielleicht sogar verstehen können?

Ich weiß es nicht.

Ich schalte das Hörgerät aus. Eine Wolke aus halbem Schlaf umfängt mich, bis ich nichts mehr fühlen kann. Gar nichts mehr. Das FTI macht mich so müde. Doch wenn ich es nicht nehmen würde, wäre ich vielleicht schon tot.

Im Halbschlaf erinnere ich mich am besten. Während der Bus in die grauen Schlieren des immer wieder aufsteigenden Nebels fährt, setze ich in meiner Erinnerung eine Sequenz an die andere. Schreibe sie auf. Bestimmte Ereignisse nehme ich mir immer wieder vor. Ich füge sie neu zusammen. Vertausche deren Chronologie. Werde jünger. Werde älter. Und manchmal sterbe ich.

Das ist doch keine Erinnerung, sage ich mir, das ist Erfindung. Was spielt das schon für eine Rolle, wenn ich am Ende weiß: So war es. Es ist, als bräuchte ich meine ganze Fantasie, um das Narbengewebe zu durchstechen, was mich von mir und dem, was ich einmal erlebt, gefühlt und gedacht habe, trennt. Das ist Lichtjahre entfernt.

Viel weiter als bei anderen Menschen, weil ich nicht daran erinnert werden möchte.

Die Erfindung macht mir klar, wie es wirklich gewesen ist. Ich sehe dann alles vor mir wie auf einer Fotografie. Und dann weiß ich, dass es sich so zugetragen haben muss.

Die geträumten Bilder verschwinden. Und ich erlebe alles noch einmal wie in Echtzeit. Es gibt keinen Punkt, an dem ich Stopp sagen könnte. Selbst im Augenblick der Erfindung kann man die Wahrheit sagen.

Ich erinnere mich an einen Nachmittag, als ich zum wiederholten Male einfach fortgelaufen war.

In den Wochen vorher war ich krank gewesen. Es kam oft vor, dass meine Kraft nicht reichte, um in die Schule zu gehen. Nachdem ich gerade erst eine Bronchitis überstanden hatte, fesselten mich rheumatische Anfälle an mein Zuhause. Das kalte Februarwetter ließ mich die Arthrose in meinen Knien spüren. Das Rheuma zog in meinen Schultern. Es war schlimmer als sonst.

Ich war zwölf Jahre alt und besuchte die siebte Klasse. Doch in diesem Schuljahr war ich nur wenige Wochen in der Schule gewesen. Vor allem die Gelenkveränderungen machten mir zu schaffen. Knochen und Blutgefäße schienen mit einem Mal noch rascher zu altern.

In der Schule hatte das keine Folgen. Alles

war mit den Ärzten, den Lehrern und meinen Eltern besprochen. Ich, das Greisenkind, hatte hier eine Gnadenzeit. Ich würde niemals einen Abschluss erreichen. Wozu auch?

Also brauchte sich auch niemand über Fehlzeiten und nicht erbrachte Leistungsnachweise Gedanken machen.

Erst im April, nach den Osterferien, konnte ich wieder in die Klasse zurückkehren. Jedes Mal war es dann wieder da. Das staunende Entsetzen beim Anblick von dem, was in der Natur nicht vorgesehen war. Das unter dem Mantel der erlernten Umgangsformen nur mühsam verborgene Erschrecken. Wer mir ins Gesicht blickt, schaut in seine eigene Zukunft.

Wenn ich nach längerer Abwesenheit ins Klassenzimmer trat, war dieses Erschrecken da. Nach einem, manchmal zwei Tagen verschwand es wieder.

Aber diesmal war es anders. Das lag daran, weil in meiner Zeit des Fernbleibens ein neuer Schüler in die Klasse gekommen war. Er war aus Hessen zu uns gewechselt. Groß und schlaksig saß er mit angegelten Haaren und spöttischem Gesichtsausdruck in der letzten Reihe am Fenster. Er hörte nicht auf, mich anzustarren. Er tat dies ohne Ausdruck, als betrachtete er ein interessantes Insekt oder einen Vogelkadaver.

Nach zwei Tagen war die Atmosphäre in der Klasse wieder so, als wäre ich niemals fortgewesen. Nur Gerrit, der Neue, ließ mich nicht aus den Augen. Er folgte mir überallhin. Akribisch studierte er meinen Gang, meine Bewegungen, jede meiner Gesten.

Pantomimisch begann er, meine Bewegungen zu parodieren. Er achtete penibel darauf, dass uns andere dabei nicht sahen.

Wenn wir unbeobachtet waren, schlich er sich von hinten an mich heran. Er sagte dann Dinge wie: »Magst du die Natur noch? Nach allem, was sie dir angetan hat.«

Er lachte niemals über seine eigenen Bemerkungen. Er sah mich nur an.

Eines Tages folgte er mir aus dem Werkunterricht auf die Mädchentoilette. Er schob mich in eine der Kabinen. Plötzlich drängte er mich auf die Toilettenschüssel. »Wenn du schreist, sorg ich dafür, dass du 'nen Herzinfarkt bekommst. Wird keiner was merken, denn den kriegst du sowieso bald, hässliche Kröte!«

Gerrit stand vor mir. Er öffnete seinen Hosengürtel und schob Jeans und Unterhose mit einem Ruck zu den Knien. Er wies auf sein Ding, das ihm wie ein Spargel aus dem dünnen Flaum zwischen seinen Beinen ragte. »Du darfst ihn mir lutschen«, forderte er mich mit rauer Stimme auf.

Ich versuchte, mir meine Angst nicht anmerken zu lassen. »Aus welchem schlechten Film hast du denn das?«, fragte ich ihn. »Und im Übrigen«, sagte ich langsam, während ich meine Lesebrille aus der Jackentasche nahm, mir vor die Augen hielt und damit sein Ding fixierte, »hast du vielleicht nicht noch was Größeres mitgebracht?« Den Satz hatte ich aus einem Film. Einem wirklich schlechten Film.

Gerrit wurde tatsächlich rot. Aber er wurde auch schrecklich wütend. Er packte mich am Hals und begann, mich zu würgen.

Auf dem Flur entstand mit einem Mal ein großer Lärm. Eine ganze Horde Achtklässlerinnen stürmte in den Toilettenvorraum. Die Mädchen füllten sich Wasser in die mitgebrachten Flaschen.

Gerrit hielt mitten in der Bewegung inne.

Ich wollte schreien, doch er presste mir seine schweißige Hand auf den Mund. Mit der anderen Hand versuchte er vergeblich, seine Hose hochzuziehen.

Das Stimmengewirr hielt an. Türen schlugen. Toilettendeckel klappten hoch und wieder runter. Die Wasserleitungen rauschten.

Mein Körper begann zu zittern. Ich hatte das Gefühl, jeden Moment tatsächlich einen Herzinfarkt zu bekommen. Es war die gleiche, unkontrollierbare Panik, die mich immer dann befiel, wenn mein Herz plötzlich anfing, schneller zu schlagen. Das geschah in letzter Zeit immer häufiger. In dieser Situation war es meine Rettung.

Während der Lärm um uns herum langsam

aufhörte, ließ Gerrit von mir ab. Ich steigerte mich in meinen Anfall hinein. Als der Junge seinen Griff lockerte, ließ ich mich vom Toilettensitz auf den Boden rutschen. Ich streckte die Arme in die Luft. Mein Atem ging stoßweise. Ich konnte das gut.

Gerrit wich zurück. Er starrte mich an. Seine dunklen Augen hatten den gleichen Blick wie im Klassenzimmer oder auf dem Pausenhof. In ihnen war keine Regung.

Ohne jede Emotion sagte er: »Stirb doch. Stirb doch endlich, Monster!« Dann verschwand er.

Und genau das war es, was ich mir in diesem Augenblick wünschte: zu sterben.

Ich spürte, wie meine Hose nass wurde. Meine Arme und meine Beine fingen unkontrolliert an zu zucken. Panisch tastete ich nach meinen Medikamenten in dem kleinen Beutel, den ich immer um die Hüfte trug. Ich konnte nichts mehr sehen, doch meine Hände ertasteten die richtige Tablettenform. So, wie ich es in der Arztpraxis gelernt hatte.

In meinen Ohren rauschte es. Nur um mich herum war eine gespenstische Stille. War es die dritte Schulstunde? Oder schon die vierte? Wann würde es zur Pause klingeln? Dann würden sie mich finden. Aber ich wollte nicht so gefunden werden.

Ich wusste nicht, wie viel Zeit vergangen war. Vorsichtig setzte ich mich auf. Dunkelfeuchte Flecke zeichneten sich auf meiner Hose ab. Die Kabinentür stand offen. In der langen Spiegelreihe über den Waschbecken sah ich einen vergreisten Gnom auf der Toilettenschüssel sitzen.

Das Bild verschwamm mir vor den Augen. Mühsam stand ich auf. Und wenn Gerrit hinter der Tür wartete? Ich starrte auf die hellbraune Maserung der Toilettentür. Alles, was dahinter lag, machte mir Angst.

Ich konnte nicht zurück in das Klassenzimmer. Niemandem konnte ich sagen, was passiert war. Sie würden mir nicht glauben. Jemand anderem schon. Jemandem, der normal entwickelt war und der aussah wie ein zwölfjähriges Mädchen. Mir würde niemand glauben.

Ich wollte nur weg. Und ich konnte mir nicht vorstellen, jemals wiederzukommen.

Vorsichtig öffnete ich die Tür. Der Flur lag verlassen. Hinter den Klassenzimmertüren raunten Stimmen. Über mir stampften Füße rhythmisch auf den Boden. Aus einem anderen Gebäudeteil kam Musik und Gesang über die Flure. Ich drückte mich an der Wand entlang in Richtung des Ausgangs.

Als ich draußen war, versuchte ich, so normal wie möglich zu laufen. Aus den Augenwinkeln sah ich die Schüler einzeln oder in kleinen Gruppen an ihren Tischen sitzen.

Es war einer der ersten warmen Frühlingstage. Das dünne weiße Licht des Frühlings befiederte Wege und Straßen.

Ich war mir sicher, niemand würde mich finden. Hinter meinem Rücken würde es keine Spur mehr von mir geben. Ich staunte, wie still und leer es geworden war seit dem Morgen. Die wenigen Menschen, denen ich begegnete, erschienen mir wie gestrandete Reisende. Sie sahen mich kaum an.

Immer wieder musste ich erschöpft anhalten. Mein Brustkorb schmerzte. Die Häuser und Straßen stahlen sich unmerklich aus dem Licht. Ich war noch nie zuvor in dieser Gegend gewesen. Ich wurde ja immer direkt von der Schule abgeholt. Oder der Bus brachte mich nach Hause.

Jetzt fühlte es sich an, als würde man der gleichen vertrauten Straße plötzlich links folgen, statt rechts abzubiegen. Bereits nach wenigen Metern war mir alles fremd. In konturenloser Schärfe sahen die Fassaden von Gründerzeitvillen auf mich hinab. Die Gehwege schimmerten in einem Licht, das aus den Tiefen der Häuser zu kommen schien.

Ich konnte nur langsam laufen, weil mich jedes Gehen erschöpfte. Und weil ich nach den schrecklichen Minuten auf der Toilette das Gefühl hatte, wieder mit all dem konfrontiert zu sein, was ich sonst verdrängte.

Insbesondere immer dann, wenn alles für eine kurze Zeit so funktionierte, wie es in einem anderen Leben vielleicht hätte funktionieren können.

Unwillkürlich fing ich dann an, schneller zu gehen. Bis sich mein Körper zu verweigern begann.

Nichts erkannte ich wieder. Das Gefühl, sich verlaufen zu haben, verursachte mir kein Unbehagen. Es war vielmehr so, dass ich mich auf eine kaum zu beschreibende Weise geborgen fühlte, obwohl ich dunkel begriff, dass ich ja eigentlich gerade dabei war fortzulaufen.

In diesem Augenblick gab es nichts, was mich zurückgebracht hätte.

Die Straße verengte sich. Eine Weile lief sie unter unbelaubten Bäumen dahin. Rechts und links der schmalen Gehsteige erstreckten sich uneinsehbare Gärten. Nur vereinzelt ragten die Schatten von Häusern aus dem flirrenden Grün. Die Straße endete in einer Sackgasse.

Ich stand vor einem von hohen Eisenzäunen umschlossenen parkähnlichen Garten. Aus dem Grün ragte ein halb zugewachsenes Haus mit Spitztürmen und zinnenartigen Giebeln.

Ungläubig stellte ich fest, dass ich mich doch an all das erinnern konnte. Dabei war ich niemals hier gewesen. Eine zerfallene Parkbank stand zwischen zwei Bäumen.

Durch das offene, nur noch halb in den Angeln hängende Tor betrat ich den Garten. Die Überreste zerbrochener Skulpturen und Steinfiguren schimmerten aus dem verdorrten Gras. Die Wege waren verschwunden.

Wie in einem Traum lief ich durch die Wildnis des Gartens auf das Haus zu. Der Garten war voller leiser Laute. Die Tür zur großen Eingangshalle stand offen. Aus der Ferne des Hausinneren schlugen die Töne einer Musik an die rissigen Wände. Im Haus war es kalt, als hätte der Winter sich hierher zurückgezogen.

Ich rief nach jemandem. Meine Stimme hallte seltsam fremd zwischen den Wänden wider. Die Musik kam aus der oberen Etage des Hauses. Offenbar war die Treppe lange Zeit nicht mehr benutzt worden. Meine Schritte wirbelten Staub auf.

Zögernd betrat ich den hohen Raum im Obergeschoss. Vorhänge aus schwarzem Samt dämpften das Tageslicht. Es roch nach kaltem Rauch und schwerem Parfüm. In einem großen Wandspiegel suchte ich vergeblich nach meinem Gesicht.

Mir hatte einmal jemand gesagt, dass all das, woran wir uns erinnern, lebendig wird. Wie kam es dann, dass ich mein Gesicht nicht mehr sehen konnte?

Jetzt konnte ich die Stimme hören. Sie war ganz dicht an meinem Ohr.

Meine Augen öffneten sich. Ich sah in ein

Blau, wie ich noch nie eines gesehen hatte. Auf der Netzhaut dieser Augen pulsierte etwas, das sich wie die Zeiger einer Uhr unaufhörlich im Kreis drehte.

»Wach auf, hey, wach auf!«, drang eine Stimme an mein Ohr.

Eine junge Frau saß neben mir. Sie sah mich an. Ihr gehörten diese großen blauen Augen mit den unruhigen Pupillen.

»Soll ich einen Arzt rufen? Oder kann ich dich irgendwo hinbringen?«

Ich schüttelte den Kopf. Meine Hände tasteten nach den Medikamenten in meinem Beutel.

»Soll ich dir helfen?« Sie wartete meine Antwort nicht ab, öffnete den Beutel und legte die Medikamente auf die Bank.

Ich zeigte auf zwei Röhrchen.

Daraufhin drehte sie an den Verschlüssen und legte mir zwei Pillen auf die Handinnenfläche. Langsam führte sie dann meine Hand an meine Lippen.

Ich schluckte die Pillen. Müde lehnte ich mich zurück.

»Bist du sicher, dass alles in Ordnung ist?«

»Es geht schon wieder.«

»Hast du das öfter?«

Ich nickte. Ja, möchte ich sagen. Es war ein Gefühl, als ob mir schon mal jemand sagen möchte, wie das ist, wenn man stirbt. Dabei möchte ich das gar nicht wissen. Ich wollte auch kein Grab. Nirgendwo. Ich wusste ja, dass es nur mein Herz war, das nicht mehr so schlug, wie ein Herz schlagen sollte in meinem Alter. Dann bekam man solche Halluzinationen.

Doch man starb nicht. Noch nicht.

Aber ich sagte nichts. Ich nickte nur weiter mit dem Kopf. Und dann erzählte ich dem fremden Mädchen doch etwas, aber nur das mit dem Gesicht im Spiegel.

Zu meiner Überraschung sagte sie: »Ja, das kenne ich gut. Ich habe das auch manchmal. Vielleicht liegt es einfach nur daran, dass ich nicht weiß, wer meine Eltern sind. Man sucht dann immer etwas, das gar nicht da ist.«

Sie erzählte mir, dass sie in einem Waisenhaus aufgewachsen sei. Ihre Akte sei angeblich bei einer Überschwemmung vernichtet worden. Niemand könne ihr etwas über ihre Herkunft sagen. Die Sache mit dem Spiegel wäre dann möglicherweise so eine Art Effekt davon.

Sie sah mich lange an. Einen unheimlichen Augenblick lang hatte ich das Gefühl, ich würde sie sein, wenn ich noch länger leben würde. So würde ich aussehen. So sprechen. So leben.

»Erzähl mir von dir!«, forderte sie mich auf. »Wie heißt du? Wer sind deine Eltern? Wo wohnst du?« Sie stellte mir noch ein paar solcher Fragen. Mit jeder Frage schien ihre Stimme trauriger zu werden.

»Emelie«, sagte ich.

In diesem Augenblick tauchte meine Mutter auf.

Zwischenzeitlich hatte die Schule meine Mutter informiert, dass ich nicht mehr in den Unterricht zurückgekehrt sei. Man durchsuchte das Schulgelände. Meine Mutter war durch das Viertel gefahren. Kurz bevor sie die Polizei informieren wollte, fand sie mich. Ich saß inmitten eines verwilderten Gartenstücks auf einer halb in das Gras eingesunkenen Parkbank. Meine rote Jacke leuchtete durch das Grün. So hatte meine Mutter mich aus dem langsam fahrenden Auto heraus entdeckt.

Die junge Frau, die neben mir gesessen hatte, war verschwunden. Ich erzählte nichts von dem, was passiert war.

Der Bus fährt ruhig dahin. Manchmal fährt er in Städte, die ich nicht kenne. Menschen steigen aus, und andere steigen zu. Der Bildschirm zeigt an, dass wir noch hundertundvierzig Kilometer von unserem Fahrtziel entfernt sind.

Später war ich immer wieder von der Schule aus durch das Viertel gelaufen. Ich wollte die Allee und den fremden Garten wiederfinden. Ich flunkerte meine Eltern an, Nachhilfestunden zu haben. Doch die Zeit reichte nie. Jedenfalls dachte ich, das sei der Grund, warum ich das Haus und den Garten niemals wiederfand. Dann wieder dachte ich, das alles sei nur ein Traum gewesen. Ich träumte sehr oft von meinem verschwundenen Gesicht im Spiegel.

Vielleicht werde ich Fynn von diesem Traum erzählen.

Fynn hatte ich kennengelernt, als ich das dritte Mal fortgelaufen war. Er sagte, er habe manchmal auch kein Gesicht, wenn er in den Spiegel blicke. Aber sein Erstaunen darüber hielte sich in Grenzen. Dumm schauen sollten die anderen. Auf seinem Grabstein sollte stehen: *Guck nicht so doof, ich läge jetzt auch lieber am Strand.*

5.

Fynn

IM GLAS DER Busscheiben kann ich mein Gesicht sehen. Es zerfließt in den Schemen der vorüberziehenden Landschaft. Ich mache ein Foto. Mit schmerzenden Fingern schäle ich einen Granatapfelriegel aus seiner Plastikumhüllung.

Der Fahrer kündigt eine Pause in wenigen Fahrminuten an. Und wenn ich hier bereits verschwinden würde? Was dann?

Ich lasse den Blick auf dem Gesicht ruhen, das mir aus dem schmutzigen Fenster entgegensieht. Alles, was vorüberzieht, hinterlässt ein Spiegelbild. Also doch.

Unsere Lehrerin hatte uns von dem griechischen Philosophen Plutarch erzählt. Er schrieb, dass der reife Mensch zugrunde gehe, wenn der Greis entstehe, und dass zuvor der junge Mensch in dem Greis aufgegangen sei, der Knabe in dem Jüngling und in dem Knaben zuvor der Säugling. Das Gestrige sei in den Heutigen gestorben, der Heutige sterbe in den Morgigen, erklärte unsere Lehrerin.

Ich spürte, wie ihr Blick flüchtig auf mir ruhte, so als dachte sie, dass Plutarch sicherlich niemanden wie mich gekannt hatte. Oder dass man es dann anders formulieren müsste.

Andererseits suchte Plutarch ja das ewige, unveränderliche Sein. Das fand er nicht in den Menschen. Nur dem Gott Apollo komme das wahre Sein zu.

Ein paar Tage lang grüßten wir uns wie die Mysterienschüler in Delphi mit den Worten: »Du bist«, als seien wir alle Apollo. Auch wenn wir den Sinn vielleicht nicht verstanden, hatte es etwas Beruhigendes, dieser Gedanke an etwas Unwandelbares und Unvergängliches: »Du bist.«

Ich fragte meine Lehrerin, ob es etwas gab, das blieb, auch wenn sich alles immerzu änderte. Sie überlegte eine Weile, bevor sie antwortete. »Ja, das glaube ich. Hinter allen Wandlungen, die sich in unserem Leben ereignen, ganz gleich, wie kurz oder lange es dauern mag, gibt es etwas, das bleibt. Wir nennen es so eine Art bleibendes Selbst. Das bist du, Emelie. Nur du.«

Als sie sich abwendete, hatte sie Tränen in den Augen.

Doch wenn ich so schnell altere, wo ist dann mein wahres Selbst? Wer bin ich dann wirklich? Wer bin ich in einem Jahr?

Weiter kann ich nicht denken. Doch egal, wie ich es denke, all diese Überlegungen behaupten nur, dass Zeit bloße Vergänglichkeit ist. In meiner Erinnerung trete ich aber immer als die Heldin meines Lebens vor mich selbst. Ich werde zur Erzählerin. Verändere Zeitabläufe. Verrücke Gegenstände. Füge neue Ereignisse hinzu. Im Erzählen öffne ich so etwas wie Räume von Zeit. Ich spanne einen für mich real existierenden Bogen zwischen der Emelie, die ich jetzt bin, und der Emelie, die ich war. Werde ich nicht erst dadurch zu der, die ich bin? Wenn das so ist, ist es doch die Zeit allein, die mein Selbstsein begründet.

Und in den Fensterscheiben des Busses kann ich sehen, wie ich die Zeit durch mich hindurchgehen lasse. Davon kann ich erzählen, als Autorin meines Lebens.

Ich bin die Heldin und die Erzählerin. In meinen Erinnerungen führe ich mich und andere immer wieder in Situationen, die mir als Heldin unangenehm, vielleicht schmerzhaft erscheinen. Ich suche oder entwerfe Geschehnisse, die ich als Heldin bekämpfe, und vielleicht versöhne ich mich gerade im Rückblick des Erzählens mit ihnen.

Vielleicht entdecke ich dann auch etwas Gutes daran. Wie bei der Begegnung mit der jungen Frau. Oder dem Augenblick, in dem ich in dem vollbesetzten Café stehe und alle mich anstarren. Oder bei einem meiner Schwindelanfälle, dem Herzrasen oder den Schmerzen in meinen Gelenken.

Während ich aufschreibe, was ich erlebt habe, ist mir natürlich klar, dass ich weder als Autorin,

Erzählerin noch Heldin der eigentliche Mensch bin. Aber ich sehe mich und die anderen anders als zuvor. Ich möchte nicht bloß davon berichten. Ich möchte davon erzählen. Nur an dieser Stelle meines Lebens habe ich das Gefühl, mein Leben wirklich selbst zu gestalten.

Ich habe keine Ahnung, ob das ein Trost ist. Ich weiß nur, dass es mir wichtig ist, jeden Tag meine Kladde in die Hand zu nehmen und zu schreiben. Auch dann noch, wenn mir die Finger schmerzen. Und ich nicht weiß, wer das jemals lesen soll. Oder ob es überhaupt jemand lesen wird.

Der Bus hält. Zehn Minuten Zeit. Die Toilette im Bus ist verstopft. Also muss ich raus. Zehn Minuten sind nicht viel. Ich brauche nun einmal viel mehr Zeit für alles als andere. So viel Zeit, wie ein alter Mensch eben mehr benötigt.

Ich gehe auf ein von Leuchtreklametafeln illuminiertes Flachdachgebäude aus bleigrauen Wänden zu.

Die Luft ist schwer und kalt. Um zu den Sanitärräumen zu kommen, muss ich an der langen Glasfront des Schnellrestaurants entlanglaufen. Gesichter starren mich an. Ein Mann, einen großen Bissen Burger im offenstehenden Mund, zeigt mit den Fingern auf mich.

Ich habe es fast bis in den Betontunnel, der zu den Toiletten führt, geschafft. Da stellt sich ein etwa neunjähriger Junge vor mir auf. »Krass! Ein Alien!«, schreit er. »Ey, Leute, kommt her, ein Alien!«

Ich weiche ihm aus. Ein Trupp Rentner verlässt die Toilette mit erleichterten Mienen. Sie starren nur.

Ein Ausländer bleibt stehen und schaut mir nach.

Mit zitternden Händen schiebe ich 70 Cent in den *Sanifair*-Automaten. Der Junge bleibt hinter dem Drehkreuz stehen. Er schreit immer noch.

Ich versuche, mich ganz auf den Weg zur Kabine zu konzentrieren. Auf niemanden zu achten. Erst als ich die Tür hinter mir zuschlage, beruhigt sich mein Atem. Eine undefinierbare weichgespülte Musik vermischt sich mit dem Geräusch der Toilettenspülung. Unmengen von Chemikalien betäuben den Verwesungsgeruch, der in der Luft liegt.

Ich bin nicht das erste Mal auf einer Raststätte. Doch jetzt erst begreife ich, dass die Gegenwart meiner Mutter bisher immer wie eine Art Schutz funktioniert hatte.

Tränen der Wut laufen mir die Wangen hinab. Meine Blase entleert sich. Mein Körper funktioniert noch, denke ich. Er ist alt, aber er funktioniert wie der Körper anderer Menschen.

In fünf Minuten fährt der Bus wieder ab.

Und wenn ich einfach hier sitzen bliebe? An wie vielen Orten habe ich diesen Gedanken schon gehabt? Als könnte ich damit die Zeit aufhalten. *Du bist*, muss ich denken. Ich beschließe, mich jeden Tag, der mir noch bleibt, so anzureden: *Du bist.*

Sorgsam wasche ich mir die Hände. Schon lange schaue ich dabei nicht mehr in den Spiegel. Und das nicht, weil die meisten Spiegel so hoch angebracht sind.

Wieder mache ich ein Foto.

Noch dreieinhalb Minuten. Ich versuche, mir auf dem Rückweg alle Gesichter einzuprägen. Ihre Blicke auszuhalten. Keine Abwehrstrategien zu entwickeln. Niemanden von diesen Menschen werde ich je wiedersehen. Ich nenne sie *Raststättenbesucher.*

Auf der Oberfläche meiner Wahrnehmung hinterlassen ihre Gesichter einen flüchtigen Eindruck. Mit dem nächsten Gesicht löst er sich sofort wieder auf, um wieder anderen Gesichtern Platz zu machen.

Manchmal erinnere ich mich länger an ein Gesicht. Vielleicht sind auch all die vermeintlich Fremden in meinen Träumen die Gesichter von denen, denen ich tagsüber irgendwo begegnete. Mir ist so, als nähme ich mitunter auch ein Gesicht mit, ohne dass ich eine bewusste Wahl getroffen hätte. Es ist dann einfach da. Es sieht mich an. Manchmal nur ein paar Stunden. Einen Tag. Oder ein wenig länger, bis es verblasst und wieder verschwindet.

An ein besonderes Gesicht erinnere ich mich. Oder auch, wenn sich ein besonderes Erlebnis damit verbindet.

Ich vermeide die Glasfront des Schnellrestaurants. Ich gehe auf der anderen Seite an den Fahrerkabinen der Lastkraftwagen entlang zum Bus. Die Raucher stehen noch draußen. Ich bin pünktlich.

Und mein Gesicht? Ich, der Alien, der Ekelzwerg, der Gremlin, die Faschingsbirne, das Gesichtsgulasch, der Vollmongo, das Behindikind, die Freakfresse, die Hackfleischfresse, der Glubschi, der Affenfehlfick, die Missgeburt, der Sponk, der Gartengnom, der Tasmanische Teufel, der Friedhofsdeserteur, die Gammelfleischfresse, die Affenvisage, der Gesichtseintopf, die Dinosaurierfresse, der Ekelzwerg, das Gesichtsfasching, der Eulenfroschkopf, die Gesichtsbaracke, der Gnom, die hässliche Kröte, der Behindi, die Alte, das Monstrum, die Zumutung, der Progy, der Zombie, der Totenkopf, die lebende Tote, der Ork, der Hobbit, die Naturkatastrophe, die mutierte Zwergin, die Untote, der Spasti, der Sponk (ich erinnere mich wirklich nur an den kleinsten Teil der Bezeichnungen, die man mir an den Kopf geworfen hat. Menschen sind unglaublich erfindungsreich, wenn es darum geht, andere zu beleidigen oder zu demütigen. Vielleicht vergessen sie dann für einen Moment, wie klein und unscheinbar und fehlerhaft sie selbst

sind?), welchen Eindruck hinterlässt mein Anblick bei den Vorübergehenden? Sicher werden
sich die meisten länger an mich erinnern als ich
mich an sie. Die Erinnerung kommt von ihrem
Entsetzen. Der Erleichterung, selbst nicht betroffen zu sein. Der Neugier (Wie ist so etwas
möglich? Was ist da passiert? Wie nennt man
das?). Oder einem Mitgefühl, das eine Mischung
aus allem darstellt.

Ich überdauere gewissermaßen den Augenblick der Begegnung.

Der Bus fährt an. Es ist, als sei die Umgebung
aus einem Fertigbaukasten in riesige Quader
gestanzt worden: Einkaufszentren. Möbelhäuser.
Quadratische Parkflächen. Wohnsiloparks. Reihenhaussiedlungen. Felder in uniformen Grün-
brauntönen, von Zufahrtswegen, Schnellstraßen
und Autobahnkreuzen umrahmt.

Alibigrün. Punktiert von Windkrafträdern,
Hochspannungsmasten und Hinweisschildern.

Der Anblick macht mir Angst. Ich kann nicht
verstehen, wie man dort irgendwo ein Zuhause
finden soll.

Nach ein paar Minuten Fahrt fallen mir die
Augen zu. Ich glaube zu spüren, wie meine Kräf-
te immer mehr nachlassen. Das kleine Abenteuer
gerade hat mich sehr erschöpft. Niemand versteht, dass jeder Gang in die Öffentlichkeit für
mich eine Mutprobe darstellt.

Wenn ich nachher aussteige, wie wird das

sein? Ich habe eine Adresse. Eine Wegbeschreibung. Und ansonsten nur das flaue Gefühl, mich gerade in das größte Abenteuer meines Lebens zu stürzen.

Als ich das letzte Mal von zu Hause verschwand, war das ein ganz ähnliches Gefühl.

Es war Juni. Seit der Begegnung mit dem jungen Mädchen auf der Parkbank waren zwei Monate vergangen. Nur noch wenige Wochen, und die Sommerferien würden beginnen.

Noch immer suchte ich manchmal nach dem Garten. Ich erfand wieder Nachhilfestunden. Dann setzte ich mich in einen Bus, mit dem ich bis an die Endhaltestelle fuhr. Und dann wieder zurück. Ich hatte die Hoffnung, etwas wiederzuerkennen, das mir half, den Nachmittag im April wiederzufinden.

An diesem Montag im Juni stieg ich an einem Platz aus, der mich an etwas erinnerte. Ich wusste nicht genau, an was. Ich dachte dann, eine dieser Straßen, die sich von dem Platz aus sternförmig in alle Richtungen verzweigen, würde mich zurückführen.

Ich folgte einer der Alleen, die sich von dem mit Platanen bestandenen Platz nach Norden zog.

Die wenigen hundert Meter, die ich gelaufen war, hatten mich so erschöpft, dass ich mich auf eine Bank setzen musste. Erst jetzt bemerkte ich, dass ich vor dem Eingangsportal des Nordfriedhofs saß.

Eine alte Frau bewegte sich in gebückter Haltung auf das Tor zu. Das könnte ich sein. Wenn uns nicht siebzig Jahre oder mehr trennen würden, fuhr es mir durch den Kopf.

Das Krematorium in der Ferne sah aus wie die Villa mit dem Garten. Die hohen Friedhofsbäume, die dichten Wacholderbüsche und die wie natürliches Felsgestein aus dem Grün schimmernden Grabsteine erinnerten mich an den Garten. Doch ich saß vor einem Friedhof.

Meine erste und einzige Erinnerung an einen solchen Ort war die Beerdigung von Jasper. Das war auf einem Friedhof in Hamburg gewesen. Es war kein Ort, nach dem ich mich zurücksehnte.

Ich stand auf und ging der alten Frau nach. Sie setzte sich wie ich auf eine Bank hinter dem Eingang und wartete.

Benommen von der Schwüle und meiner Müdigkeit ging ich durch die Reihen der Gräber. Die meisten Grabstellen stammten aus dem zwanzigsten, einige auch aus dem neunzehnten Jahrhundert.

Ich blieb stehen.

Ich starrte auf die Inschriften. Die Namen hatte ich sofort vergessen, oder ich las sie erst gar nicht.

Man sieht die Sonne langsam untergehen, und erschrickt doch, wenn es plötzlich dunkel wird.

Ich bin nicht tot, ich tausche nur die Räume.

Niemand geht von uns. Er geht nur voraus.

Auferstehung ist unser Glaube, Wiedersehen unsere Hoffnung, Gedenken unsere Liebe.

Ein paar Mal musste ich lachen: *Hier liege ich. Ich kann nicht anders.*

Und nur ein paar Gräber weiter: *Hier liegt Martin Krug, der Kinder, Weib und Orgel schlug.*

Ich verlor das Gefühl für die Zeit. Ich hätte immer so weitergehen können.

Und wenn du dich getröstet hast, wirst du froh sein, mich gekannt zu haben.

Das Leben ist nur ein Moment, der Tod ist auch nur einer.

Mit jedem Tod bricht ein Stück aus unserem Leben.

Ihr, die ihr mich geliebt habt, seht nicht auf das Leben, das ich beende, sondern auf das, welches ich beginne.

Es nimmt der Augenblick, was Jahre geben.

Und plötzlich glaubte ich, vor dem Grab Jaspers zu stehen: *Es wurde Nacht/Und ich tauchte in die Sterne.* Der gleiche Satz, der auch auf seiner Grabplatte stand. Das Mädchen, das hier beerdigt lag, war siebzehn geworden. Sollte ich denken *erst* oder *so alt?*

Ein Name und ein paar Jahreszahlen, die Anfang und Ende bezeichneten.

Ich ging über den neuen Teil des Friedhofs. Auf den frischen Gräbern lagen Spielzeug und

Plüschfiguren zwischen welkenden Gestecken und farblos gewordenen Blumen.

Über meine eigene Beerdigung hatte ich mir keine Gedanken gemacht. Solveig war der Ansicht, in meinem Alter sollte ich das tun. Sie meinte es nicht einmal zynisch. Einmal, ganz kurz, hatte ich eben daran gedacht …

Wie Schall und Rauch vom Winde verwehen, Gezeiten kommen und vergehen, sich jede Spur im Sand verliert. Kein Name meinen Grabstein ziert. stand da in weißen, sich fast verflüchtigenden Buchstaben auf einem Grabstein, der sich wie eine Welle aus der Erde erhob. Ich glaubte, das würde mir gefallen.

Ein Geräusch schreckte mich auf. Erschrocken drehte ich mich um.

Niemand war zu sehen. Ich stand inmitten einer langen Reihe von baumbeschatteten Gräbern.

»Mir würde der gefallen.«

»Wer bist du?« Langsam drehte ich mich im Kreis. Meine Schultasche presste ich fest an den Körper. Ich starrte auf das Grab. Kein Name. *Schall und Rauch.* Jetzt ließ auch noch das Hörgerät nach. Ich hätte die Batterien aufladen sollen.

»Wer ich bin, ist das Beste, was ich sein kann.« Pause. »Nebenbei bemerkt, bei vielen Menschen ist es bereits eine Unverschämtheit, wenn sie *Ich* sagen.«

Ich musste lächeln. »Dann sollte ich besser

fragen: »Wo bist du?« Noch immer konnte ich den Blick nicht vom Grabstein lassen.

Als ob sich jeden Moment die Erde auftun würde.

»Der Himmel gehört allen, die Erde wenigen.«

Ich legte den Kopf in den Nacken und schaute nach oben. In dem Baum, der mit seinen gebänderten Ästen die Luft zu fächern schien, konnte ich schemenhaft eine Gestalt ausmachen. Jemand saß dort und sprach mit mir.

»Warum hockst du da mitten auf dem Friedhof auf einem Baum?«

»Was machst du an einem warmen Sommertag wie heute auf dem Friedhof?«

»Wieso antwortest du mit einer Frage auf eine Frage?«

»Warum sprichst du mit jemandem, den du doch gar nicht siehst?«

»Ich sehe dich. Wohnst du dort oben?«

»Wohnst du auf dem Friedhof oder besuchst du nur jemanden?«

»Wenn du immer nur Fragen stellst und niemals Antworten gibst, wie willst du dann jemals Freunde bekommen?«

»Hast du denn Freunde?«

»Hast du wenigstens eine Familie?«

Aus dem dichten Blattwerk des Baumes ragte eine Hand. »Wozu sind Familien da? Um unser Unglück zu vermehren?«

»Wenn das so wäre, wozu gibt es sie dann?«

»Wo hast du solche Antworten gelernt?«

»Nicht da, wo man solche Fragen zu stellen lernt.«

»Was hört ohne Ohren, schwatzt ohne Mund und antwortet in allen Sprachen?«

»Was ist das: Alle Tage geht sie spazieren, bleibt doch stets zu Haus!«

Ein Fuß ragte unter einem Ast hervor. Im Baum fing es an zu rascheln.

»Was kann unter freiem Himmel von der Sonne nicht beschienen werden?«

»Was geht durch alle Lande und bleibt doch, wo es ist?«

Ein Schatten flog durch die Luft. Auf dem Weg zwischen den Gräbern stand plötzlich ein Junge mit großen blauen Augen. Oder vielmehr jemand, den man für achtzehn, dann aber auch wieder für Mitte oder Ende zwanzig halten könnte. Als würde er auch mit seinem Aussehen nicht gern Auskunft geben.

»Der Schatten«, sagte ich.

»Fynn«, sagte er. Er lüftete einen imaginären Hut. »Nun zu meinen Antworten: Nur, um dem Himmel näher zu sein. Eine Frage kann eine Antwort sein. Nein, ich wohne nicht hier, würde aber gern hierhin umziehen. Ich habe keine Familie. Ich hatte mal eine. Das Echo.« Er sah mich an. »Ich hoffe, ich habe deine Fragen beantwortet.«

Alles in seinem Gesicht schien zu lächeln, als er mir die Hand gab. Da war keine Spur von Erstaunen, Widerwillen oder gequälter Höflichkeit zu sehen.

»Emelie«, sagte ich.

»Emelie«, wiederholte er.

Ich erinnerte mich, dass der Tag an diesem Morgen in gleißender Stille heraufgezogen war. Dass ich, als ich erwacht war und noch in meinem Bett lag, dachte: Etwas ist anders.

Ich konnte es auch später nicht genau sagen. Der Dunst hatte sich aufgelöst. Das Blau des Himmels stand in metallener Schärfe über den Gräbern, obwohl es Juni war.

Fynns Blick ruhte auf mir, Frage und Antwort zugleich.

Wir sprachen nicht, als wir losgingen. Wir liefen wie an einer Schnur gezogen quer über den Friedhof, dann entlang der Bruchsteinmauer, immer weiter und hügelan, mit ganz langsamen und behutsamen Schritten, obwohl der Junge neben mir hätte viel schneller gehen können.

Wir erreichten den Teil des Friedhofs, in dem die ungeborenen Kinder bestattet waren. Man sah auf eine offene Rasenfläche voller kleiner Felsen. Von hier oben ließ sich die ganze Stadt überblicken. Die Luft bewegte das Gras. Ein tiefer, durchsichtiger Schlaf lag über allem.

Wir setzten uns ins Gras abseits der Grabstellen, die in Form einer stilisierten Blume angelegt waren. Die äußeren Blütenblätter der Anlage stellten die Gräber für die Kinder unter fünf Jahren dar. Die, die nicht in einem Familiengrab beerdigt werden konnten.

Im Eingangsbereich des Grabfeldes waren Bänke aufgestellt. In der Mitte der Rasenfläche stand ein Gedenkstein. Dort konnte man Namensschilder anbringen.

»Weißt du, wie man die Kinder nennt, die hier begraben liegen?«, fragte Fynn.

»Sternenkinder«, sagte ich. »Meine Mutter hat mir davon erzählt.«

Fynn ging nicht darauf ein. Er sah mich nur an.

»Kinder, die den Himmel berührten, bevor sie das Licht der Welt erblicken konnten. Solveig, meine Freundin, sagt, das sei nur so eine Bezeichnung für Fehlgeburten oder Totgeburten. Oder einfach ungeborene Kinder.«

»Aber nur Kinder, die weniger als tausend Gramm wiegen. Fehl- und Totgeburten unter tausend Gramm müssen nach dem deutschen Bestattungsgesetz nicht bestattet werden. Du kannst hier sogar die Reste von Abtreibungen beerdigen lassen.«

»Wie kommt es, dass du dich damit so gut auskennst?«

»Mein Vater war Bestatter«, antwortete er. Er verzog keine Miene.

»Du kannst zwischen einem Wahlgrab mit

oder ohne Grabpflege durch die Friedhofsverwaltung wählen. Es gibt Gräber in Rasenlage und Urnen-Waldgrabstätten. Du kannst auch Rasen ansäen lassen. In der Friedhofssatzung ist alles geregelt.«

»Klingt toll«, sagte ich. »Mir reicht ein Platz im Meer.«

Er sah mich überrascht an. »Warum?«

»Das Meer ist ... so groß und einsam.«

Fynn schwieg. Ich sah auf meine Armbanduhr. Aber mehr aus Verlegenheit. Es war schon drei Uhr. Ich nahm meine Medikamente.

»Hier gibt es keine Zeit«, sagte er.

»Warum stehen dann Jahreszahlen auf den Gräbern?«

»Damit die Toten nicht vergessen werden. Schau dich um!« Mit einer Geste wies er über das Gräberfeld. Zwischen den Steinen lagen Teddybären. Fotos waren an Granitwänden befestigt. Plastikfiguren und Murmeln gruppierten sich um Kreuze und einfache Gedenksteine.

»Aber das sind Kinder«, entgegnete ich.

»So wie du.«

Ich saß da und spürte meinen Körper. Meinen Atem. Das Blut, wie es unter meiner Haut rauschte. Die Schmerzen in den Gliedern. Ich nahm mich immerzu wahr. Ich konnte mich nicht vergessen. Und in diesem Augenblick war es stärker als sonst.

»So wie ich«, gab ich zu. Weil ich nicht über

mich reden mochte, fragte ich ihn: »Was tust du hier?«

Er legte die Finger an seinen Mund. »Ich habe das noch niemandem gesagt: Ich möchte nach Island. Zum Grab meiner Mutter. Vorher muss ich mein Auto holen. Und dann fahre ich los.« Er zögerte, bevor er weitersprach. »Ich hab da unten die Nacht verbracht, in so einem Mausoleum. Dann kamen die Friedhofsgärtner, und ich hab mich auf dem Baum versteckt. Übrigens: So viel habe ich, glaube ich, bestimmt schon seit Jahren nicht mehr gesprochen.« Fynn sah mich an. Seine Augen strahlten in einem kalten Blau. Das Blau eines kalten Wintertages, musste ich denken. Die Sommersprossen in seinem hohlwangigen Gesicht sahen aus wie winzige Kometen. Die Sommersprossen waren sogar in seinen Augen.

»Vielleicht könntest *du* mir ja helfen. Ich hab seit zwei Tagen nichts mehr gegessen und das mit dem Trampen klappt auch ziemlich schlecht, so wie ich aussehe. Morgen ziehe ich dann weiter, versprochen.« Ich kramte in meinem Halsbeutel. Neben den Tabletten steckte auch immer etwas Geld darin. »Hier.« Ich reichte ihm einen Geldschein. »Zehn Euro. Das ist alles, was ich dabeihabe.«

»Geht das denn? Ich meine, es wäre nur geborgt. Wenn ich erst mein Auto habe … Ich habe etwas Geld gespart. Es liegt im Kofferraum. Ich schicke dir das Geld, wenn du möchtest.«

»Im Kofferraum? Bist du ein Gangster?«

Fynn lachte. Er antwortete nicht.

Ich schüttelte den Kopf. »Ich habe auch etwas gespart. Meine Mutter gibt mir jeden Morgen so einen Zehner. Sie denkt, ich gebe das Geld aus. Für Süßigkeiten, Zeitschriften, Bücher. In Wirklichkeit spare ich alles. Es liegt bei mir im Zimmer.

Ich habe einen Globus. Innen ist er hohl. Da habe ich mein ganzes Geld versteckt.«

»Psst! Nicht so laut.« Er legte einen Finger an die Lippen und schaute sich vorsichtig um.

Ich musste lachen.

»Was hast du mit dem Geld vor?«

»Ich ... ich weiß nicht. Wenn ich es noch schaffe, dann würde ich gern einmal verreisen. Ans Meer vielleicht.«

»Bist du denn noch nie weggewesen, Emilie?«

Ich schrak zusammen. Es war das erste Mal, dass er mich bei meinem Namen nannte.

»Nicht so richtig. Meine Mutter hat mich immer mitgenommen. Und die meiste Zeit war ich krank. Ich bin eigentlich immer krank.«

Fynn nickte, so als wüsste er, wovon ich sprach.

Ich überlegte, ihn zu fragen. Doch ich traute mich nicht.

»Du musst schrecklichen Hunger haben«, fiel ich ihm ins Wort. »Ich sollte auch langsam mal nach Hause. Sonst ruft meine Mutter wieder die

Polizei, um mich zu suchen. Das hat sie schon mal gemacht.«

»Wir können uns wiedersehen, wenn du magst«, beeilte sich Fynn zu sagen.

»Wirklich? Das ... das wäre cool.« Ich fing an zu stottern. Ich merkte, dass ich rot wurde.

»Heute Abend. Hier. Wenn es dunkel ist.« Fynns Stimme klang seltsam abgehackt. Manchmal stieß er die Sätze ganz schnell aus. Als müssten die Worte irgendwie hinaus, bevor er sie vergaß. Und manchmal hatte ich das Gefühl, es war ihm unangenehm, überhaupt zu sprechen. Oder er gewöhnte sich an etwas, das er nicht kannte.

Und weil er Gefallen daran gefunden hatte, wollte er mich wiedersehen. Es hatte nichts mit mir zu tun.

»Aber wo wirst du heute Nacht schlafen?«

Fynn grinste. »Na hier. Da unten, direkt neben dem Verwaltungsgebäude gibt es so eine Art Schuppen. Stehen ein paar leere Särge drin. Keine Ahnung, was die da machen. Jedenfalls habe ich schon schlechter geschlafen.«

»Du schläfst in einem Sarg?«

Fynn erhob sich. Sorgfältig schüttelte er den Staub von seiner grauen Jeans und dem grünen Strickpullover, der ihm viel zu weit war. In diesem Moment sah er aus wie eine Vogelscheuche.

Als hätte er meine Gedanken gelesen, setzte er sich einen breitkrempigen Strohhut auf. »Das sind nicht meine Sachen«, sagte er entschuldigend. Ohne Erklärung fuhr er fort: »Für mich ist das nichts Neues. Ich habe dir ja schon erzählt, dass meine Eltern Särge verkauft haben. Praktisch denken, Särge schenken, war die Devise meines Vaters. Als ich noch klein war, bin ich nachts manchmal runter in den Laden geschlichen und hab mich in einen der Särge gelegt. Am liebsten in den Eichensarg. Der hat so gut gerochen. Und das Holz war irgendwie lebendig. Es kam auch vor, dass ich eingeschlafen bin und meine Eltern mich erst am nächsten Morgen im Geschäft gefunden haben.« Er legte mir die Hand auf die Schulter. »Ich muss jetzt aber wirklich mal was essen. Wenn du es irgendwie hinkriegst, sei doch einfach um zehn am Haupteingang. Ich zeig dir, wo man reinkommt.«

»Woher weißt du das alles?«

Fynn grinste. »Treffen sich zwei Hellseher. Sagt der eine zum anderen: Kommst du mit? Darauf der andere: Ne, da war ich schon.«

Ich musste schon wieder lachen. »Ich werde sehen«, sagte ich.

Fynn lief in großen Sprüngen den Hügel hinab. Seine Gestalt löste sich zwischen den Gräbern auf. *Du bist*, musste ich in diesem Augenblick denken.

Der Bus verlangsamt die Fahrt. Sind wir schon da? Unruhig sehe ich aus dem Fenster. Ein Stau.

Genau betrachtet bin ich doch noch einmal von zu Hause weggelaufen. Ich muss es aufschreiben, bevor es verschwunden ist. Ich habe die Nacht mit Fynn auf dem Friedhof vergessen. Da, wo alles angefangen hat.

6.

Das Geheimnis der Zeit

NACH EINIGER ZEIT teilt der Busfahrer über das Bordmikrofon mit, dass der Fahrplan nicht mehr einzuhalten sei. Er nennt uns die neuen voraussichtlichen Ankunftszeiten. Ich verkrieche mich noch tiefer in den Sitz, weil ich glaube, dass der Fahrer mich in seinem Spiegel beobachtet. Er muss den Bus wie ein Blinder fahren. Er schaut fast niemals auf die Straße. Er sieht nur auf mich.

Wie kommt diese hässliche kleine Kröte in meinen Bus?, wird er denken. Was hat die Natur da nur angerichtet? Und mehr dieser Dinge noch.

Ich kann es ihm nicht verübeln. Das Anormale zieht unseren Blick an. Wir wollen alles wissen. Wir wollen wissen warum. Wir ziehen Vergleiche. Wir suchen nach Übereinstimmungen mit Bekanntem. Wir schauen, ohne daran zu denken, wie wir selbst dabei aussehen. Ohne daran zu denken, wie schmerzlich jeder dieser Blicke für den anderen sein kann. Ich bin nicht anders. Etwas muss die Natur falsch gemacht haben.

Ich sehe auf den Bildschirm vor mir. Ankunft: 17:25 Uhr.

Was heißt das schon? 17:25 Uhr?

Zeit ist doch sowieso nicht feststellbar. Sie entzieht sich.

Ein Freund meiner Eltern ist Fotograf. Genau wie mein Vater. Er hatte Bilder von mir gemacht für ein großes Magazin. Er sagte, er glaube nicht an die Existenz der Zeit. Am ehesten noch, meinte er, wenn man gleiche Körper zu verschiedenen Zeitpunkten betrachtet und dann die Veränderungen sieht. Wenn er fotografiere, sei er in einem ganz besonderen Zustand. In Bruchteilen von Sekunden löse er sich von dem, was bereits vergangen ist. Um im gegenwärtigen Moment vollständig präsent und ganz und gar lebendig zu sein. Denn die Zeit sei ein Moment.

Als der Fotograf das nächste Mal zu uns kam, schenkte er mir eine Kamera. Eine Minolta 404si Dynax. Das war eine Analogkamera. Er sagte, damit mache man viel bessere Bilder als mit den Digitalkameras.

Seitdem habe ich Hunderte von Fotos gemacht.

Wenn ich Menschen fotografiere, dann spüre ich sie. Das ist der entscheidende Augenblick. Und seitdem denke ich ganz anders über die Zeit. *Zeit ist ein Moment.*

Ich schreibe den Satz genau so, wie der Fotograf ihn gesagt hat, in mein Heft. Wenn ich schreibe, merke ich, dass die Zeit aussetzt. Genau wie bei einer Fotografie.

Schreiben ist Überfluss. Zufluss an neuen

Möglichkeiten. Und damit an anderen Wirklichkeiten.

Manchmal denke ich, wenn ich die Seiten meines Tagebuchs überfliege, mein Leben ist gar nicht wahr. Alles, was da Satz für Satz steht, ist nur erfunden. Oder jemand anderes hat das aufgeschrieben.

Ich müsste es fotografieren. Und dann wieder neu aufschreiben. Wer ist das, der in diesem Augenblick aufschreibt, was ich denke? Wer ist das, der all meine Erlebnisse und Gefühle festhält? Ich weiß, dass es so ist. Ich kann es spüren. Da ist jemand, der all das für mich aufschreibt.

Nach einer halben Stunde setzt sich der Bus wieder in Bewegung.

Es erscheint mir wie eine Ewigkeit, als er endlich die Autobahn verlässt und vor dem Bahnhof hält. Trotz der Verspätung bin ich noch zu früh. Fynn sagte, dass er erst am Abend da sein würde.

Woran ich ihn erkennen könne? Einen Leichenwagen würde man nicht übersehen, hatte er lachend geantwortet.

Ich setze mich in den Pavillon hinter den Bushaltestellen und starre auf das Display meines Smartphones. Dann wieder auf die Straße, die unter dem steten Strom des Verkehrs zu ächzen scheint.

Ich brauche eine Weile. Erst dann kann ich all

die Geräusche auseinanderhalten. Als ich es geschafft habe, sehne ich mich zurück nach der Stille des Alten Friedhofs, auf dem ich mich mit Fynn verabredet hatte.

Ich stahl mich von zu Hause fort. Wir trafen uns an der vereinbarten Stelle vor dem Südeingang des Friedhofs. Fynn öffnete mir das Tor und ließ mich herein. Er ging langsam, sodass ich mühelos mit ihm Schritt halten konnte.

Es war ein merkwürdiges Gefühl, in der Dunkelheit durch die Gräberreihen zu laufen. Auf manchen Grabsteinen flackerten Lichter. Ihr rötlicher Schein mäanderte durch die Zweige. Höfe aus Schatten umhüllten die Bäume. Hielten sie wie in einem ständigen Zwielicht.

Ich fand es wunderschön. Angst spürte ich keine. Er führte mich genau so sicher wie am Tag über die schmalen Wege die Anhöhe hinauf. Dort lagen die sterblichen Überreste der Sternenkinder. Fynn hatte sogar eine Decke geklaut und zwei Grablichter. Er stellte sie vor uns ins Gras.

Wir sahen über die Bäume hinweg auf die von Laternen beschienenen Dachfirste der Häuser. Von hier aus betrachtet sahen sie aus wie Grabplatten, die gegen den Himmel schwammen.

»Deine Mutter hat nichts gemerkt?«

»Nichts. Ich habe mich schlafend gestellt, als sie in die Oper gegangen ist. Ma ist es gewohnt, dass ich früh schlafen gehe. Ich bin ja schon ein alter Mensch.« Meine Stimme klang seltsam metallen hier draußen. Ich wusste nicht, was mich mehr erschreckte: ihr Klang oder das, was ich gerade gesagt habe.

»Hast du dann auch das Gefühl, die Zeit rast schneller an einem vorbei, je älter man wird?«

Ich war noch nie jemandem begegnet, der mir solche Fragen gestellt hatte.

Fynn sprach weiter, ohne meine Antwort abzuwarten: »Die Erwachsenen sagen, früher sei ein Jahr noch ein Jahr gewesen. Jetzt, da sie älter sind, verginge die Zeit viel schneller.«

»Ist doch logisch«, entgegnete ich. »Jeder vergleicht eben eine bestimmte Zeitspanne mit dem Leben, was er bisher gelebt hat. Also würde für eine Dreijährige ein Jahr einem Drittel ihres bisherigen Lebens entsprechen. Für jemanden, der achtzig ist, wäre das nur ein Achtzigstel. Und das kommt einem eben recht kurz vor. Und was dich angeht: Du bist doch noch gar nicht alt.«

»Wow. Du bist ein ungewöhnliches Mädchen. So habe ich das noch nie betrachtet«, sagte Fynn. Er ließ sich auf den Rücken fallen. Fynn sah in den Sternenhimmel, der groß und blass über uns stand. »Trotzdem: Das ist irgendwie sehr mathematisch gedacht. Ich glaube nicht, dass die Zeitwahrnehmung im Gehirn so funktioniert. Gerade dann, wenn du dich langweilst und wenig erlebst, hast du im Nachhinein das Gefühl, dass die Zeit besonders schnell vergangen ist. Oder etwa nicht? Du hast irgendwo gesessen und ganz lange gewartet. Und am Abend wunderst du dich, warum der Tag jetzt doch schon wieder rum ist.«

»Das stimmt.« Am ganzen Körper zitternd legte ich mich neben Fynn auf die Decke. »Dann meinst du wohl, dass das Gedächtnis entscheidend dafür ist, wie ich die Zeit wahrnehme?«

»Na klar. Denk doch mal nach: An je mehr Ereignisse wir uns erinnern, desto länger kommt uns eine bestimmte Zeit vor. Mein Onkel Ole, der ziemlich klug war, hat mich auf der Bestattung meines Vaters mal gefragt, ob das meine erste Seebestattung sei. Ich habe ja gesagt. Er meinte, dass ich das hier nicht mehr vergessen würde. All die ersten Male, die man als Kind oder in der Jugend erlebt, bleiben stark in Erinnerung. Wenn du mal älter bist, sagte er, und jeden Tag die gleiche Strecke zur Arbeit fährst und jeden Sommer an den gleichen Urlaubsort und zwanzig Jahre verheiratet bist, dann verfliegt die Zeit viel schneller. Weil du nicht mehr offen für Neues bist.« Ich spürte seinen Arm an meiner Schulter. Mir wurde klar, wie viel größer er war als ich.

»Dann willst du damit sagen, je mehr Neues und Aufregendes man erlebt, desto mehr prägt sich das ins Gedächtnis ein …«

Schweigend blickten wir auf die Sterne.

»Dann heißt das, dass du dein Leben langsamer machen kannst, wann immer du willst«, sagte ich langsam.

»Genau. Jeder kann sein Leben anhalten. Du musst einfach immer nur bereit sein, Neues zu erleben. Noch einmal erste Male zu erleben. Und wenn es nur die erste Nacht auf einem Friedhof ist. Oder die erste Reise allein. Dann fühlt es sich so an, als ob du nicht älter wirst.«

Bislang hatte ich mich immer nur mit dem Gedanken beschäftigt, dass ich jeden Tag viel schneller alterte als andere Menschen. Die Zeit raste. Und ich hatte keine Möglichkeit, sie aufzuhalten. Fynn schien zu verstehen, was ich dachte. Er nahm meine Hand und drückte sie sanft.

Für einen Moment glaubte ich, ich hätte mir das nur eingebildet. Ich weinte lautlos.

17:45 Uhr. Ich bin noch immer hier. Ich warte auf Fynn. Fünfzehn Minuten lang versuche ich, alles um mich herum so zu sehen, als würde ich es zum ersten Mal sehen. Und ich mache Fotos. Die Blicke der Vorübergehenden. Die langen Autoschlangen. Das Wechseln der Signale an der Ampel. Den grauen Himmel. Die Schatten der Bäume auf dem Asphalt. Meine Hände: Die Hände einer Achtzigjährigen, die sich vor meinem Gesicht krümmen. Die Luft dazwischen. So weiß und durchsichtig, als gehöre sie schon einer anderen Welt an.

Ein Fanfarenstoß lässt mich zusammenfahren. Auf der Busspur hält ein wie aus der Zeit gefallener großer schwarzer Wagen.

Während ich da draußen auf dem Friedhof noch weinte, spürte ich meinen Körper. Stärker als sonst. Gleichzeitig spürte ich, wie die Zeit verging. Sekunde um Sekunde. Wenn ich weinte, empfingen meine Sinne keine Signale. Ich war ganz bei mir. Nur mein Körpersinn schien noch da zu sein.

Es dauerte eine Weile, bis ich wieder sprechen konnte. »Ich glaube, ich verstehe, was du meinst. Wenn wir, je älter wir werden, immer weniger wirklich neuartige Erlebnisse haben können und alles irgendwie immer gleich wirkt, dann vergeht das Leben für uns gefühlsmäßig immer schneller. Je mehr man erlebt, woran man sich dann auch erinnern kann, desto länger kommt einem die Zeit später vor.« Ich schaute Fynn an. Sein Blick war noch immer in den Himmel gerichtet. »Aber wie nehme ich die Zeit denn jetzt, in diesem Augenblick, wahr? Ich meine, hat mein Gehirn so etwas wie eine innere Uhr?«

»Keine Ahnung«, sagte Fynn. »Ich habe da mal was Merkwürdiges erlebt. Einmal wäre ich fast ertrunken. In einem See, der ganz nah an unserem Haus lag. Ich lag unter Wasser. Ich

habe nichts gehört, nichts gesehen, nichts gerochen, meinen Körper nicht mehr gespürt. Aber
ich schwöre dir: Es war, als ob ich die Zeit hören
konnte. Ich konnte genau sagen, wie viel Zeit
vergangen ist, bis mich jemand aus dem Wasser
gezogen hat.«

Er gab nicht zu, dass er sich das nur vorgestellt hatte. Dass er sich das immer wieder vorstellte, seitdem er einmal beobachtet hatte, wie
eine Frau damals im See verschwunden ist.

»Willst du damit sagen, Zeit bildet sich aus
einem selbst? Jeder Mensch ist mit seinen Kör-
pergefühlen seine eigene innere Uhr?«

Fynn nickte. »Es kann gar nicht anders sein.
Dass Gefühle und irgendwelche körperlichen
Einflüsse bestimmen, wie wir die Zeit einschät-
zen, das ist doch bekannt. Wenn du dich er-
schreckst, nimmst du alles plötzlich wie in Zeitlupe wahr. Alles verlangsamt sich oder scheint
sich zu verlangsamen, denn in Wirklichkeit läuft
alles in deinem Körper und deinem Geist schneller ab. Das ist bestimmt so eine Art Überlebens-
reaktion.«

Ich musste an meine Anfälle denken. An das
Herzrasen. Wie oft ich nachts aufwachte. Dachte,
dass ich gleich sterben würde. Oder wie oft ich
mit Fieber im Bett lag. Fieber verlangsamte den
subjektiv empfundenen Zeiteindruck. Das hatte
mir der Arzt gesagt, als ihm auffiel, dass ich die
Dauer seiner Abwesenheit oder die meiner El-

tern oft stark überschätzte. Das Fieber erhöhe die körperliche Aktivität. Dadurch laufe die innere Uhr schneller ab, was die Zeit subjektiv betrachtet dehnen würde.

»Woran denkst du?« Fynn hatte den Kopf nicht bewegt.

»An die Zeit. Wie langsam sie verrinnt.«

»Jetzt gerade?«

»Ja, jetzt gerade.«

Wir überließen uns unseren Gedanken. Eigentlich war es mehr ein Tagtraum. Wäre ich nicht so schüchtern gewesen, dann hätte ich Fynn gebeten, meinen Kopf auf sein Herz legen zu dürfen. Dann hätte ich gewusst, dass wir in diesem Augenblick, jeder für sich, den gleichen Traum träumten: Der Weg führte uns durch ein bizzares Felsgebirge. Das Gestein war so viele Male geborsten und zersprungen, dass es seine Festigkeit verloren hatte. Von der Oberfläche des Felsens waren Gesteinssträhnen abgesplittert. Sie hingen wie dicke geflochtene Zöpfe hinab. Wenn sich der Wind erhob, bewegten sich die Gesteinssträhnen. Er fuhr durch sie hindurch und brachte sie zum Singen. Es war, als hätte jemand den Kopf abgewandt und singe in der Dunkelheit. Niemals sah man sein Gesicht.

Wir liefen wie durch ein Nebelgebirge. Unsere Füße versanken in den hellen Gesteinsbrocken der Oberfläche. Die wenigen Bäume waren durchlöchert wie Waben. Sie sahen aus wie ver-

92

zweifelte Wesen, die um ein letztes Versteck gerungen und keines gefunden hatten.

Unvermutet standen wir vor einer schroffen Felswand. Eine höhlenartige Vertiefung führte in den Fels. Das Innere, eine Art Gewölbe, war von Kerzenlicht erhellt. An den Wänden hingen Fackeln. In der Mitte stand ein Tisch. Er war für zwei Personen festlich gedeckt. Zwischen dem Geschirr lagen in gleißendes Papier eingeschlagene Geschenke.

Ich zählte die Kerzen. Es waren siebzehn. *Happy Birthday, Emelie, Dein Vater* stand auf einem großen Plakat an der Wand.

Eine goldgelbe Flüssigkeit schimmerte in den Gläsern auf dem Tisch. Niemand war zu sehen.

7.

Die Reise

ICH SEHE FYNN an. Er sieht gut aus in seiner etwas altmodisch anmutenden Weste und dem weißen Hemd darunter. Unter seiner Schiebermütze kräuseln sich hellbraune Locken. Er blickt in die Dunkelheit vor uns. Fynn lächelt mir zu. Für einige Momente hat es den Anschein, als würde das Auto von ganz alleine fahren.

»Wow! Das ist irgendwie total unwirklich: Ich sitze mit dir in einem Leichenwagen, und wir fahren nach Norden.«

»Nicht einfach in einem Leichenwagen. Das ist ein Ford Granada MK2 Welsch des Bestattungsunternehmens *Timless*. Ist das Letzte, was mir von meinem Vater geblieben ist. Und: Das letzte Auto im Leben ist immer ein Kombi. Der Spruch ist von meinem Vater.«

Fynn steuert den Wagen durch den Feierabendverkehr Richtung Autobahn.

»Und der Wagen gehört wirklich dir?«

»Klar. Aber natürlich sind die Papiere auf Matti ausgefertigt.« Er sagt mir nicht, wer Matti ist. Jetzt hätte er Zeit, mir zu erzählen, was ich noch nicht weiß. Doch wozu? Es gibt keine Zukunft. So lautet die Vereinbarung. Wir reden ein wenig, dann hängen wir beide unseren Gedanken nach.

Während der Ford auf die A 7 biegt und mit gemächlichem Röhren Geschwindigkeit aufnimmt, muss ich an das denken, was Fynn mir über die Zeit erzählt hat.

Ich ertappe mich dabei, wie ich anfange, alles um mich herum neu zu betrachten. Ich versuche, meinem subjektiv empfundenen Zeiteindruck auf die Spur zu kommen.

Nachdem ich zu Fynn in den Wagen gestiegen war, spürte ich, wie mein Herz stärker schlug als sonst. Nach einer Weile frage ich ihn: »Wie viel Zeit ist vergangen, seitdem du mich abgeholt hast?«

Er überlegt kurz. »Vielleicht eine Viertelstunde oder etwas mehr. Warum?«

Bevor ich Fynn gefragt hatte, hatte ich selbst versucht, die Zeit zu schätzen.

»Hm. Ich hätte gedacht, mindestens eine Stunde.« Ich presse den Rucksack an meinen Körper. »Das bedeutet, dass du recht hast. Ich meine, wenn man aufgeregt ist, dann dehnt das die erlebte Zeit. So ähnlich hast du das gesagt. Da draußen, bei den Kindern auf dem Friedhof.«

»Ja. Weil du dann nämlich eine erhöhte Aufmerksamkeit für dich selbst hast. Alles, was dein Körper an Signalen aussendet, nimmst du stärker wahr. Zum Beispiel beim Warten. Wenn du abgelenkt bist, kriegst du weniger Impulse. Also erscheint dir die Zeit kürzer.«

»Aber ich bin ja gar nicht abgelenkt.«

»Doch, irgendwie schon.« Fynn streicht mir mit der rechten Hand über den Kopf.

Ich werde rot. Meine Hände klammern sich um den Rucksack.

»Die Intensität deiner Aufregung bestimmt, wie viele Impulse bei dir eintreffen. Deshalb dehnt jede emotionale Situation die Zeit. Natürlich nur subjektiv.«

»Also, je stärker ich meine Körpersignale wahrnehme, desto langsamer vergeht die Zeit?«

»Könnte man so sagen. Irre ist, dass der Herzschlag beim Schätzen von Zeit eine große Rolle spielt. Versuch einfach mal, deinen Herzschlag zu zählen. Sagen wir, dreißig Sekunden lang. Aber du darfst nur in dich hineinspüren. Keine Hilfsmittel. Wer seinen eigenen Herzschlag genauer bestimmen kann, der schätzt auch die Zeit genauer. Das bedeutet, je mehr du deinen Körper wahrnimmst, desto intensiver erlebst du die Zeit.«

Fynn schaltet das Radio aus. »Ab jetzt.«

Fynn und ich zählen unseren Herzschlag.

»Sechzehn.«

»Sechzehn.« Fynn lacht. »Leider werden wir nie herausfinden, wie viele es wirklich waren. Ist aber auch ziemlich egal. Meine Theorie lautet: Jeder Mensch hat so eine Art gefühltes Ich. Dein Bewusstsein bildet den jeweiligen momentanen körperlichen Zustand ab. Stell dir vor, es ist sehr heiß. Du schwitzt. Du suchst dir Schatten, und du trinkst, um die verlorene Wassermenge zu ersetzen. Unabhängig davon entsteht ein Ich, das sich seiner selbst und der Tatsache, dass es in Zeit und Raum existiert, bewusst ist.«

»Ich weiß schon, was du sagen willst«, unterbreche ich ihn. »Dass dieses gefühlte Ich mit allem, was im Körper passiert, verbunden ist. Wie zum Beispiel dem Herzschlag. Und damit auch mit dem Gefühl für den Zeitverlauf.«

»Genau.« Fynn sieht mich betont misstrauisch an. »Und du bist wirklich erst sechzehn?«

Wie zur Entschuldigung erzähle ich von der kleinen Bibliothek meines Vaters. Die Bibliothek war mir von frühester Kindheit an, als ich zu spüren begann, dass ich anders war als die anderen Kinder, ein Rückzugsort. Ich erzähle ihm nicht, dass ich anfangs dachte, das Lesen könne mich heilen. Jede freie Stunde, die die anderen auf dem Pausenhof verbrachten, saß ich lesend in der Schulbibliothek. Im Bus oder im Auto wartend konnte ich mich hinter einem Buch verstecken. Und als ich merkte, dass mich das Wissen über andere erhob, verzichtete ich nächtelang auf den Schlaf.

Ich erzähle ihm nicht, dass es immer mehr die Angst war, keine Zeit mehr zu haben, die mich in einer Art Besessenheit dazu trieb, immer mehr zu lesen.

»Hm«, macht Fynn. »Du hast die Bücher, ich hatte Onkel Ole. Aber du hast recht«, wischt er diesen Gedanken wieder fort, »die Vorstellung von deinem Ich und das Erleben von Zeit, das gehört zusammen. Auf den Punkt gebracht: Je intensiver du dich selbst wahrnimmst, desto mehr hast du das Gefühl, die Zeit läuft langsamer. Je weniger du dich selbst wahrnimmst, desto schneller scheint die Zeit zu vergehen.«

»Hatten wir das nicht gerade erst?«, sage ich. »Wenn wir warten, sind wir ganz auf uns selbst zurückgeworfen. Wir spüren uns. Intensiv.

Ich weiß nicht, wie viel Zeit ich in Wartezimmern bei Ärzten oder im Krankenhaus verbracht habe. Die Zeit vergeht an solchen Orten einfach nicht. Andererseits …« Ich sehe auf das Dunkel jenseits der Autobahn. Aus dessen Rändern brechen die Scheinwerfer des Autos kleine Stücke. »Andererseits, wenn ich früher als Kind gebastelt habe, oder wenn ich mein Tagebuch schreibe, oder in der Nacht auf dem Friedhof bei den Sternenkindern, dann habe ich das Gefühl, überhaupt kein Zeitgefühl mehr zu haben.«

»Natürlich. Weil du keine Wahrnehmung mehr von dir selbst hast«, wirft Fynn ein.

»Aber was ist, wenn ich mich als Ich gar nicht mehr wahrnehme und die Zeit auch verschwindet? So ein Gefühl habe ich manchmal. Wenn ich einen Anfall habe oder meine Tabletten ganz schnell einnehmen muss und sie dann zu wirken beginnen. Ich kann richtig spüren, wie die Zeit immer langsamer wird und dann stillsteht.«

98

»Stau«, sagt Fynn. Das Rot der Bremsleuchten leuchtet wie ein durchscheinender Vorhang unter dem Abgasnebel auf.

Wir rollen bis zur nächsten Autobahnbrücke. Dann stehen wir.

»Ich kenne eine schönere Strecke als die hier. Über das Land. Wir könnten an der nächsten Ausfahrt runter. Ich fahre gern Landstraßen, wenn es dunkel ist. Du auch?«

»Ich weiß nicht. Ich habe das noch nie gemacht. Ich habe die meisten Sachen noch nie gemacht.«

»Wir haben ja Zeit.«

Es klingt merkwürdig, wie er das sagt. In der Nacht auf dem Friedhof haben wir über alles gesprochen. Über die Reise. Darüber, dass es keine Rückkehr mehr geben wird.

Fynn weiß jetzt mehr über mich als irgendein anderer Mensch auf dieser Welt. Doch er weiß nicht alles.

»Du solltest zu Hause anrufen, Emelie. Dann kann deine Mutter davon ausgehen, dass alles in Ordnung ist.«

»Ja. Ich …« Ich blicke auf das Display meines Smartphones. »Sie hat schon angerufen. Könnte ich bitte allein mit ihr sprechen?«

»Zum Schweigen fehlen mir die passenden Worte«, grinst er mich an. »Geht klar.« Fynn stöpselt sich die Kopfhörer seines Players in die Ohren und dreht die Lautstärke voll auf.

Er sieht, wie sich meine Lippen bewegen. Er kann mich nicht hören. Das Gespräch dauert nicht lange. Ich weine.

Fynn schaltet die Musik aus. Ich bin ihm dankbar, dass er keine Fragen stellt.

Der Wagen rollt ein paar Meter weiter. Unter der Brücke hindurch in die Stauhelle. Alles wartet.

»Was du vorhin gesagt hast ... Dass die Zeit langsamer wird und irgendwann stillsteht, das habe ich auch mal erlebt«, sagt Fynn. »Als meine Mutter gestorben war, hat mein Vater mit irgendwelchen Medikamenten experimentiert. Ich wusste das damals natürlich nicht. Aber später, als er tot war, habe ich in seiner Schreibtischschublade Psilocybin gefunden. Keine Ahnung, wie er an das Zeug gekommen ist. Jedenfalls habe ich mich erinnert, wie seltsam mein Vater manchmal war.

Ich war neugierig auf diese Pillen. Da wusste ich aber noch nicht, dass Psilocybin ein Halluzinogen ist. Wenn du das nimmst, hast du kein Zeiterleben mehr. Du hast auch keine Ahnung mehr, wer du bist und wo du bist.

Aber dann habe ich mir gesagt, beim Musikhören oder beim Tanzen oder wenn du irgendwo zwischen Wachen und Schlafen hängst, kannst du das Gleiche erleben. Ich habe das Zeug einmal genommen und dann einfach weggeworfen.« Er lacht. »Genieße das Leben ständig, denn du bist länger tot als lebendig, das ist seitdem meine Devise.«

Wieder fahren wir. Im Schritttempo geht es den anderen Rücklichtern hinterher. Im Rückspiegel sieht Fynn das flackernde Blaulicht eines Streifenwagens. Es nähert sich rasch. Ich sehe, wie er versucht, ruhig zu bleiben. Die Ausfahrt wird bereits angezeigt.

»Ich habe viel nachgedacht und gelesen, seitdem du mir davon erzählt hast«, sage ich. »Einen Satz habe ich mir aufgeschrieben, in mein Buch. Ich weiß ihn auswendig: *Das Rätsel der subjektiven Zeit ist eng verknüpft mit dem Rätsel des Bewusstseins.* Mir ist klargeworden, dass ich selbst über meine Zeit bestimmen kann. Es ist völlig egal, wie alt ich bin. Oder wann ich sterbe. Ich kann die Zeit dehnen. Oder ich kann machen, dass sie schneller vergeht. Seitdem habe ich viel weniger Angst.«

Fynn schweigt. Dann muss er lachen.

»Warum lachst du?« Ich sehe ihn an. Ich muss lachen und würde am liebsten niemals aufhören. Das Lachen fühlt sich so gut an.

Der Ford verlässt die Autobahn. Die Landstraße ist wenig befahren. Wir wechseln auf noch schmalere Straßen, auf denen uns niemand mehr begegnet. Die Nacht erscheint mir auf einmal sehr groß.

Ich atme tief durch. Für den Moment ist alles gut. Meine Mutter glaubt mich für die nächsten drei Tage auf dem *Progery Family Circle.* Diese Stunde, diese Nacht, der kommende Tag gehören mir.

Die Scheinwerfer legen ein graues, rieselndes Licht auf die Dinge. Die Leitpfosten tauchen auf und verschwinden wieder. Blütenloses Gestrüpp, die Schattenlinien von winterstillen Feldern und braunem Gras wachsen ins Licht. Und wieder ins Vergessen. Alles wie am Rande der Sichtbarkeit. Ich schließe die Augen.

»Scheiße, scheiße, scheiße! Was ist das? Was ist das? Emelie, Emelie, wach auf!« Fynns Schreie hallen durch den Wagen. Von einer Seite zur anderen und quer durch meinen Kopf.

Ich habe das Gefühl, gerade erst eingeschlafen zu sein. Ich schalte das Hörgerät ein. Der Ford stoppt. Das eingeschaltete Fernlicht leuchtet die gespenstische Szenerie vor uns aus. Das merkwürdig silbrige und gerade Asphaltband der Straße. Den taumelnden Flug des Lichts. Es legt sich wie ein Scherengitter auf die Gegenstände. Ein aus seiner Verankerung gerissenes Straßenschild. Ein roter Kotflügel. Glasscherben. Von einer unsichtbaren Gewalt auseinandergerissene Gepäckstücke. Plastikflaschen. Obst. Schokoladentafeln. Ein Plüschtier.

Wir lassen den Wagen mit eingeschaltetem Fernlicht und Warnblinkanlage stehen und treten auf die Straße. Alles wächst langsam und doch viel zu schnell, um es in eine sinnvolle Ordnung zu bringen, in mein Blickfeld. Die zerfetzte Rinde eines Baumstammes. Eine Achse mit einem aufgeschlitzten Reifen. Ich klammere mich an Fynn.

»Lass uns gehen! Bitte lass uns gehen und Hilfe holen.«

»Nein.«

Das Kühle und Entschiedene in seiner Stimme überrascht mich. Ich lasse seinen Arm los.

Kurz bevor ich den Wagen verlassen hatte, hatte ich auf dem Armaturenbrett des Ford die Uhrzeit abgelesen: 3:10 Uhr.

Tastend, als könnten wir über etwas Unvorhergesehenes stolpern, bewegen wir uns am Rand des Scheinwerferkegels weiter in die Nacht. Ich denke, dass sich nichts von dem, was ich gerade sehe und was in diesem Moment geschieht, anfühlt wie 3:10 Uhr. Ich spüre eine eigentümliche Ruhe. Ich habe die Empfindung, die Zeit sei für ein paar Augenblicke einfach stehen geblieben. Wie, um dem Verstand die Möglichkeit zu geben, das Gesehene festzubrennen.

Erschöpft lehne ich mich an einen Baum und setze mir meine Brille auf.

Fynn geht weiter, auf den Lichtkegel am Straßenrand zu. Ich ahne die Umrisse eines schräg auf dem Dach liegenden Autowracks. Seine noch eingeschalteten Scheinwerfer sind in den schwarzen Nachthimmel gerichtet.

»Fynn, nicht.« Meine Stimme ist kraftlos. Er kann mich nicht mehr hören.

Vor mir im winterdürren Gras liegt eine Autotür. Das zersplitterte Fensterglas hat sich in unzählige Scherbenreste verwandelt. Sie glitzern wie Eis.

Ich wende den Kopf, weg vom Straßenrand. Auf das, was jetzt in mein Blickfeld wächst, bin ich nicht vorbereitet. Wenige Schritte von mir entfernt sehe ich ein Paar Turnschuhe. Zwischen der schwarzen Leere und den diffusen Resten des Scheinwerferlichts nehme ich die Umrisse eines Körpers wahr.

Ich stoße mich vom Baum ab. Der Boden ist schlammig. Abrupt bleibe ich stehen.

Vor mir im Feld liegt ein Mädchen. Es schaut aus, als würde es schlafen. Seine Lippen sind geöffnet.

Ich lasse mich auf die Knie fallen und nehme eine Hand des Mädchens. Ich möchte etwas sagen, doch aus meinem Mund kommt kein Laut: Wie heißt du? Wer war noch im Auto? Hat jemand Hilfe gerufen? Wie ist das passiert?

Vergeblich taste ich mit meiner freien Hand nach dem Smartphone. Es muss noch im Ford liegen.

Ich ziehe meine Jacke aus und lege sie über den Oberkörper des Mädchens. Sechzehn, vielleicht siebzehn, denke ich. Wie schön es ist. Das schwarz glänzende lange Haar liegt wie ein

Schleier hinter ihm auf der Erde. Seine Gesichtszüge muten asiatisch an. Aus dem Mund kommt fast unhörbar ein merkwürdiger Singsang. Es hört sich an wie eine Melodie.

Ich verstehe nichts mehr, als ich mein Ohr ganz dicht an die Lippen des Mädchens halte. Was kann ich tun? Ich fühle mich völlig hilflos. Äußerlich scheint das Mädchen unverletzt.

Ich stehe auf und rufe nach Fynn. Vergeblich.

Mein Blick fällt auf einen Plüschvogel. Er liegt neben meinen Füßen im Dreck. Ich nehme das Stofftier und drücke es dem Mädchen in die Hand. Die Augen sind ausdruckslos ins Leere gerichtet. Ich fahre mit der einen Hand über sein Haar. Meine Handinnenfläche wird feucht. Als ich die Hand zurückziehe, ist sie voller Blut.

Ich beuge mich vor. Der hintere Teil des Kopfes ist nur noch ein klebriges Gewulst aus Hirnmasse, Blut und Haar.

Entsetzt weiche ich zurück. Ich stolpere zurück in den Lichtkegel.

Fynn fängt mich auf. Er sagt nichts. Er schüttelt nur den Kopf.

Ich zeige auf das Mädchen. Fynn geht zu ihm und beugt sich darüber.

Ich halte mir beide Ohren zu. Die Melodie. Die Melodie, sie geht mir nicht mehr aus dem Kopf.

Fynn steht auf und kommt zu mir. »Sie sind alle tot. Alle, Emelie.«

Er zerrt mich zurück in den Wagen. Ich muss daran denken, dass mein Gesicht das letzte gewesen ist, in das das Mädchen schaute: Sie nimmt mein Gesicht mit in den Tod.

»Versteh doch: Wenn wir Hilfe rufen, ist unsere Reise hier zu Ende. Wir ... wir beide sind doch ... auf der ... Flucht.«

Das stimmt zwar nicht, hört sich aber spannender an.

Blubbernd startet der Motor des Ford. Die Trümmerteile auf dem Asphalt umkurvend bewegt sich der Wagen vorsichtig auf das Wrack zu. Im Fond des Autos ahne ich die Umrisse zweier Körper. Musik klingt aus diesem undenkbaren Nichts jenseits der Scheibe. Fragend sehe ich zu Fynn.

»Das Autoradio. Es spielt noch. Eine CD. Immer das gleiche Stück.«

Ich versuche, geradeaus zu sehen. Ich versuche, die Augen zu schließen. Wie Wachen und Schlafen gleichzeitig.

Und plötzlich ist da wieder Nacht um uns. Voller winziger Lichtfunken auf der Straße und der wässrigen Finsternis im Seitenspiegel. Wir reden und reden.

Ich frage. Fynn antwortet. Bis ich mir sicher bin, dass alles gut wird, obwohl nichts mehr gut werden kann. Er hat eine Art, mich zu trösten und mir die Welt zu erklären, dass mir schwindlig wird.

Ich frage weiter. »Fühlt man es, bevor man stirbt?«

»Manchmal, wenn ich morgens aufwache ... Dann fühlt sich alles den ganzen Tag über komisch an, und manchmal war es bei mir oft schon so, dass an dem Tag irgendetwas passiert ist, womit man gar nicht rechnet. Und wenn man kurz davor ist zu sterben, glaube ich, dass man es dann auch irgendwie spürt, aber vielleicht nicht damit verbinden würde, dass man stirbt.« Fynn sitzt ganz nah am Lenkrad, das er mit beiden Händen umklammert hält. So, als könne jeden Moment etwas geschehen.

»Meinst du, es fühlt sich schrecklich an, sein Bewusstsein nach und nach zu verlieren, wenn man stirbt? Oder nimmt man es einfach so hin? Ich meine, das Mädchen sah aus, als würde es sich nur ausruhen. Nur einen Augenblick Atem holen.«

»Keine Ahnung. Ich weiß nur, dass der Sauerstoffmangel im Gehirn den Tod besiegelt. Wenn kein sauerstoffhaltiges Blut mehr ins Gehirn strömt, dann hast du vielleicht noch zehn Sekunden, bevor du das Bewusstsein verlierst.«

»Ich glaube, der Tod ist kalt«, sage ich. »Eine Kälte, die sich langsam durch den Leib frisst und dich erst am Ende wirklich verschlingt.«

»Ich denke, bei einem plötzlichen Tod, wie zum Beispiel bei einem Autounfall, wo du nichts mehr fühlst, da bekommst du ja gar nicht mehr mit, dass du stirbst. So schnell ist das Nervensystem gar nicht. Man begreift das sicher gar nicht mehr. Vielleicht noch ein kurzes Aufflackern von einer Art Licht, einer Art Schmerz, aber ganz anders. Und dann das Ende.« Fynn sieht in den Rückspiegel. Er fährt langsam. Vor den Kurven kann ich spüren, wie er das Gas ganz wegnimmt.

»Nimm das Leben nicht so ernst! Du kommst sowieso nicht lebend da raus. Sorry, sollte nur ein blöder Scherz sein«, beschwichtigt Fynn, als er in mein Gesicht blickt. »Mein Vater hat mir viel vom Tod erzählt. Er wollte, dass ich mal den Laden übernehme. Da müsse ich alles über den Tod wissen, meinte er. Er hat mal gesagt, das Leben ist nur ein Moment. Genau wie der Tod. Nur dürfe man das den Kunden nicht sagen.«

Ich denke an den Augenblick zurück, in dem ich die Hand des Mädchens gehalten hatte. Der Tod, denke ich, ist nicht angsteinflößend. Aber auch nicht sehr warm und freundlich. Es ist nur ungewohnt. Dein Körper löst sich langsam auf. Er scheint sich in Milliarden kleine Teile zu spalten. Der Atem wird schwer. Der Geist ist frei. Und doch beschäftigt man sich gleichzeitig mit allem, was man je erlebt hat.

Man denkt, das Leben ist schön, aber es ist nicht schwer, es loszulassen.

Ich wundere mich über die Klarheit meiner Gedanken. So klar, dass ich es nicht auszusprechen wage. Als hätte das Mädchen mir das alles gesagt.

»Macht dir der Gedanke an den Tod Angst?«, fragt Fynn.

»Es ist nicht der Tod. Der Gedanke an das Sterben macht mir Angst.«

Fynn nickt. »Versuchs mal so zu sehen: Ich habe beide Eltern verloren. Ich hab 'ne Menge Leute sterben sehen. Weil mein Vater meinte, das gehört dazu. Aber letztendlich ist der Tod nicht der größte Verlust im Leben. Auch wenn die Leute das immer denken. Der größte Verlust ist das, was in uns stirbt, während wir leben. Nicht den Tod sollte man fürchten. Sondern dass man nie beginnen wird zu leben.«

Ich wage nicht weiterzusprechen. Zum ersten Mal glaube ich, Fynn weinen zu sehen. Ich ahne, dass wir so viel reden müssen, damit wir nicht über das nachdenken, was wir gerade gesehen haben. Darüber, dass wir einfach weitergefahren sind.

Es waren drei Jugendliche, hatte Fynn gesagt. Er hatte mir gesagt, er sei sich sicher, dass sie alle sofort tot gewesen seien. Es sollte wie ein Trost klingen.

Ob ich bei dem Mädchen wirklich das Gefühl hatte, dass sie noch lebte? Denn, als er sich zu ihr hinabgebeugt und ihren Puls gefühlt hätte, sei sie genauso tot wie die zwei Jungen gewesen. Ich hatte nicht geantwortet.

Wir fahren in den Morgen. Farblos-grell steigt er wie aus stratosphärischen Tiefen am Horizont auf. Ich versuche, mir all diese Tode vorzustellen. Es gelingt mir nicht. Hatten wir nicht kurz davor noch über die Zeit gesprochen? Auch wenn jeder Augenblick im Leben ein Schritt zum Tod hin ist: Warum kommt er dann so plötzlich für die einen? Und warum so spät für die anderen?

Sind siebzehn Jahre viel? Und fünfzehn? Muss man sich darauf vorbereiten? Oder passiert es einfach?

Was ist, wenn die Ärzte sich in meinem Fall irren? Es gibt doch Fälle, in denen Progerie-Patienten viel länger leben, als von den Medizinern vorausgesagt.

»Mir ist schlecht«, sagt Fynn. Er steuert den Wagen rechts heran auf einen schlammtiefen Waldweg.

Ich sehe ihn an den Rand einer Fichtenschonung laufen. Er übergibt sich, die Hände an einen Baumstamm gestützt.

Verstohlen betrachte ich mein Gesicht im Spiegel unter der Sonnenblende. Meine Hände halte ich daneben. Eine Landschaft aus Kratern. Nach außen gestülptes Wurzelwerk, die Gesichtszüge wie halbvertrocknetes Laub. Farblos schimmert das dünne Haar auf dem kahlen Schädel. Die großen Augen liegen tief in den Höhlen. Altersgrau und papieren und voller Pigmente die

110

Haut. Sie ist nur noch ein verwischter Umriss auf meinem Vogelschädel.

Wimpernlos starren mich meine Augen an. An den Händen kann ich besonders deutlich sehen, wie mein Unterhautfettgewebe immer mehr schwindet. Sie sind älter als alles andere an meinem Körper.

Ich klappe den Spiegel zu.

Nein, sie irren sich nicht. Als ich noch kleiner war, die Wahrheit aber schon wusste, erinnere ich mich, hatte ich eine Zeitlang alte Menschen beobachtet. Menschen, die das achtzigste oder neunzigste Lebensjahr längst überschritten hatten. Im Spiegel habe ich mich dann mit ihnen verglichen. Ich habe geweint darüber, wie ähnlich ich ihnen schon war. Und wie ähnlicher sie mir jeden Tag wurden. Warum?

»Alles wieder gut.« Fynn legt die Hände auf das Lenkrad. Ich kann sehen, dass er geweint hat.

»Fynn …«

»Schon gut. Das Einzige, was mich hier noch hält, ist die Erdanziehung.« Er nimmt einen tiefen Schluck aus der Wasserflasche. »Und ein Wesen namens Emelie. Und: Heute Mittag können wir an der Nordsee sein.«

Er nimmt eine Karte aus dem Handschuhfach und breitet sie auf seinen Beinen aus.

Die Karte lenkt mich ab. Ich liebe es, mit dem Finger Straßen, Wege und Flüsse nachzuzeichnen, Gebirgsrücken entlangzufahren und über Seen und Meere zu streichen.

Die Räder kämpfen sich aus dem Schlamm. Der Ford fährt weiter nach Westen.

»Hunger?«, fragt Fynn.

»Ja. Ich glaube schon.«

Endlich wird es hell. Wir halten an einem Autohof. Fynn schaltet den Motor aus und beugt sich langsam nach vorn. Durch die schmutzstarrende Windschutzscheibe sieht er auf den schmalen Ausschnitt des Himmels zwischen Lkw-Aufbauten und dem grauen Waschbeton der Raststätte.

»Es gibt vier Möglichkeiten zu sterben«, beginnt er mit kaum hörbarer Stimme. »Den plötzlichen Tod. Er beendet dein Leben von einer Sekunde auf die andere. Überraschend. Sagen wir, durch einen Unfall. Den langen und langsamen Tod, wenn du dement wirst. Den Tod durch eine Krebserkrankung. Und den Tod als Achterbahnfahrt, wenn deine Organe versagt haben.

Die meisten Menschen, wenn du sie fragen würdest, entscheiden sich für den plötzlichen Tod.«

Ich will ihm antworten. Doch da hat Fynn schon die Tür geöffnet. Die Kapuze tief ins Gesicht gezogen, wartet er auf dem Parkplatz auf mich. Das ist seine Art, mit der Angelegenheit abzuschließen. Er bugsiert mich an einen Fensterplatz im hinteren Teil des Gastraums. Geduldig bringt er mir alles, was ich mir wünsche. Erst danach stellt er sich sein eigenes Frühstück zusammen.

»Danke«, sage ich. Ich schiebe ihm einen Zehn-Euro-Schein hinüber.

Fynn rollt den Schein zusammen. Er steckt ihn hinter mein rechtes Ohr. »Kein Geld. Ich weiß, dass du was gespart hast. Aber wir haben genug. Es lag die ganze Zeit im Radkasten. In einer Plastiktüte. Die habe ich mit Industrieklebeband befestigt.«

Wir essen schweigend.

»Hast du denn viel Geld?«, frage ich ihn.

Fynn schüttelt den Kopf. »Nach dem Tod meiner Mutter ging es schnell bergab mit dem Bestattungsinstitut. Aber mein Vater hat immer was zurückgelegt für mich. Er hat es in einem Miniatur-Sargmodell versteckt. Matti hat es für mich aufbewahrt. Den Sarg habe ich noch. Der liegt im Handschuhfach.«

»Hast du ein Foto von deiner Mutter?«

»Ja.« Fynn wischt sich die Hände an seinem Hemd ab und zieht ein gefaltetes Stück Papier aus seinem Portemonnaie. Behutsam entfaltet er die Fotografie und reicht sie mir.

Ich nehme das Foto mit spitzen Fingern und lege es neben den Teller. Vorsichtig setze ich meine Brille auf. Lange betrachte ich es, ohne etwas zu sagen. Ich kann spüren, wie Fynn mich beobachtet, während er an seinem Espresso Machiatto nippt.

Das Foto ist von unzähligen Furchen und Linien durchzogen. An den Rändern löst sich das Papier auf. Ich sehe auf die Silhouette einer dunkelhaarigen, schlanken und auf eine irritierende Weise jugendlich wirkenden Frau. In einen weißen Mantel mit Fellkragen gehüllt steht sie an eine Schiffsreling gelehnt.

Es scheint ein leuchtender Tag gewesen zu sein. Da ist das Blau des Himmels und in den Augen der Frau das Blau des Meeres.

Ich denke: Sie sieht aus wie eine Filmschauspielerin.

»Das ist auf der Reise nach Island. Kurz vor den Faröern. Wir sind immer mit dem Schiff auf die Insel gefahren. Mama hatte Flugangst.«

»Deine Mama war sehr schön«, sage ich leise.

Ein paar Tische weiter starren mich zwei Trucker an. Der eine beißt sogar an seiner Brötchenhälfte vorbei in die Luft. Fast hätte ich gelacht.

Mein Smartphone meldet sich mit einem vibrierenden Ton. Ich spreche mit meiner Mutter. Fynn wickelt die Reste des Frühstücks in Papierservietten ein.

Das Rauschen der Autobahn ist plötzlich überall im Raum. Fynn wartet.

»Ich dich auch«, sage ich. Ich drücke auf eine Taste.

»Wir können umkehren. Ich kann dich nach Hause fahren, Emelie.«

Ich schüttele den Kopf. »Ich bin so glücklich.« Ich spüre, wie meine Augen feucht werden. »Ich bin so glücklich, dass ich weinen muss.«

»Wart hier auf mich. Ich hole den Wagen und tanke noch.«

Ich notiere etwas in meine Kladde. Ich schreibe nicht mehr *Ich*. Ich schreibe *Emelie und Fynn*. Als würde ich oder jemand anderer das Geschehen von jetzt an von außen betrachten. Damit man von innen mehr sieht, denke ich. »Emelie, hör gut zu«, flüstere ich leise.

8

Fynns Geschichte

WIE PERLEN AN einer Schnur ziehen die Fahrzeuge in den Nordhimmel. Jedenfalls sieht es so aus, wenn Emelie den Kopf in den Nacken legt. Gerade noch kann sie über das Armaturenbrett auf die Fahrbahn starren. Sie stellt sich vor, dass sie geträumt hat, dass sie träumt und auf einmal wäre es kein Traum mehr. Die Reise kommt ihr wie ein Traum vor.

Nach dem Frühstück im Rasthof war sie den langen Treppenaufgang von den Toilettenräumen nach oben gestiegen. Am Eingang des Rasthauses hatte sie auf den Parkplatz gesehen. Der Ford war verschwunden. Alles ist vorbei, bevor es überhaupt angefangen hat, dachte sie.

Das ist es, was sie immer denkt. Sie hat wenig Grund, den anderen zu trauen. Von frühester Kindheit an denkt sie, dass man sie irgendwo zurücklassen werde. Dass man sich ihrer Gegenwart schämt.

Sie sieht auf Fynn. Mit der rechten Hand lenkt er. Die andere liegt am Seitenfenster und klopft einen Takt zu einer Melodie, die nur Fynn hören kann. Sie versucht, das Glücksgefühl wieder heraufzubeschwören, als der Ford plötzlich vor dem

Eingang hält. Emelie blickt auf die Schilder. *Flensburg 108 Kilometer*. Dann wieder versucht sie, Fynns Gestalt zu erfassen. Sein Lächeln, das er ihr ab und an schenkt, aufzufangen. Sich in das ruhige Brummen des Motors hineinzuhören. Die rasch vorüberziehenden Schattenbilder aus den anderen Autos zu deuten. Uhrzeit und Geschwindigkeit vom Armaturenbrett abzulesen.

Der Nachrichtensprecher im Radio schickt das Datum voraus: »Guten Morgen, meine Damen und Herren, heute ist Freitag, der erste April.«

Einmal halten sie. Der Motor läuft. Sie sieht Fynns großen, schlaksigen Körper. Wie er sich mit einer Hand an einem Baum abstützt und mit der anderen seinen Penis hält. Das sieht sie nicht. Sie versucht, es sich vorzustellen, während die Rinde des Baums zwischen seinen Füßen eine dunkle Färbung annimmt. Sie hat noch nie einen Penis berührt. Sie denkt an eine imaginäre Liste: Dinge, die noch zu tun wären …

Es ist später Vormittag. Sie lassen Flensburg hinter sich und passieren die dänische Grenze.

Einmal sieht man Wasser. Es schaut nicht aus wie das Meer. Eher wie ein aufgestauter Fluss. In kaum merklichen Krümmungen tastet sich die A 45 in den Norden.

Fynn zeigt auf das triste flache Land links von der Autobahn. »Dahinter liegt die Westküste

Dänemarks. Mein Vater ist einmal die ganze Küste entlanggelaufen. Fünfhundert Kilometer. Immer am Strand. Bis zum Ende von Dänemark. Alles nur wegen eines Mädchens.«

»Wo ist das Ende von Dänemark?«

»Irgendwo hinter Skagen. Das heißt übersetzt *Die Landspitze*.«

»Würdest du so etwas auch tun? Eines Mädchens wegen?«

Fynn nimmt die Hand vom Lenkrad. Er klatscht in die Hände. »Ho, ho, ho, ho, ho und hallo!«, ruft er. »Ich würde noch ganz andere Sachen tun.«

Emelie mag nicht weiterfragen.

»Wann werden wir in Island sein?«

»In zwei Tagen. Ich wette, du hast inzwischen alles gelesen, oder?« Er zwinkert ihr zu. »Ich werde dich fragen.«

Sie werden beide still. Als würde ihnen plötzlich klarwerden, dass sie keine Touristen sind. Dass es ihre letzte Reise sein wird. So haben sie es doch besprochen.

Es beginnt zu regnen. Schilder mit fremden Namen tauchen auf und verschwinden wieder: Haderslev. Kolding. Vejle. Horsens. Århus.

Manchmal sieht Emelie kleine Stücke vom Meer. Blassblaue Ausschnitte. Ihre unbewegte Oberfläche erinnern sie an Seen. Sie versucht, an nichts zu denken.

In Aalborg führt die Autobahn direkt über

das Meer. Das Meer ist ein Kanal. Nur die Möwen und ein merkwürdiger Salzgeruch, der bis in das Wageninnere dringt, erinnern an etwas, das sie aus Erzählungen ihrer Eltern mit einem Ozean verbindet.

Je weiter sie nach Norden fahren, desto weniger Autos sind auf ihrer Strecke. Die E39 ist ein schnurgerades Band, das erst am Skagerrak enden wird.

»Am besten, du machst die Augen zu«, sagt Fynn. »Hirtshals ist nicht gerade das, was man besonders aufregend nennen würde. Ist wirklich ziemlich hässlich.«

»So schlimm wie mein Anblick wird es wohl nicht sein.«

Fynn sieht sie an, ohne die Geschwindigkeit zu verringern. »Warum sagst du so etwas?«

Emelie antwortet nicht. Sie haben doch schon darüber geredet. Sie haben über so vieles geredet. Allmählich erscheint es ihr so unwirklich, über was sie alles in der Nacht auf dem Friedhof gesprochen haben sollen.

Sie schließt die Augen. Zu all den Bildern in ihrem Kopf möchte sie auf dem letzten Teil der Fahrt zum Hafen nur noch das Bild des Schiffes fügen.

»Warum sagst du so etwas, wenn es nicht wahr ist?«, hört sie Fynns Stimme.

Erst als der Motor des Wagens mit einem leisen Würgen erstirbt, öffnet Emelie die Augen.

Sie stehen in einer langen Reihe von anderen Autos. Meist Transporter und Geländefahrzeuge, vereinzelt auch Wohnmobile.

Die Fahrspuren neben ihnen sind leer. Ein paar Reihen weiter eine Schlange von Lastkraftwagen und einigen wenigen Bussen. Fynn läuft über die asphaltierte Fläche. Er geht auf ein verlassen aussehendes Gebäude zu. Die Fassade glänzt metallen. In dem Buchungsbüro im Innern des Hafengebäudes wird er ihre Fährtickets kaufen.

Um diese Jahreszeit braucht man keine Reservierung, hat er gesagt. Im Gegenteil, man könne sich gar nicht sicher sein, ob das Schiff überhaupt fahre. Das hänge vom Wetter ab. Im Winter werde ohnehin fast nur Fracht transportiert.

Emelie sieht das Schiff. Erst hatte sie vermutet, vor einer riesigen Hallenwand zu stehen. Die schneeweiße, vom blauen Logo der Reederei durchteilte Bordwand der MS Norröna streckt sich wie ein Haus in den Himmel. Ein überdimensionaler Schriftzug zieht sich inmitten eines blauen Streifens über die Bordwand: *Smyril Line.* Darüber liegen die Deckaufbauten mit den vier Bullaugenreihen, den Rettungsbooten und den Glasvierecken der Salonfenster.

Emelie duckt sich tief in den Wagensitz. Das Schiff macht ihr Angst. Sie kann zusehen, wie die Scheiben im Auto beschlagen. Alles da draußen

120

wird weniger und weniger. Irgendwann wird es verschwinden.

Als spüre Fynn ihre Angst, sagt er, während sie später durch die geöffnete Bugklappe in den Schiffsbauch rollen: »Es gibt nichts, wovor du dich fürchten musst. Dieses Schiff ist das einzige, was ganzjährig auf dem Nordatlantik fährt. Du musst es dir vorstellen wie eine Stadt auf dem Meer. Schau nur, die Wagendecks! Wenn das Schiff voll ist, stehen hier achthundert Autos.«

Fynn erzählt unbeirrt weiter, während sie ein Deckarbeiter einweist. Reifenquietschen. Rufe. Bremsgeräusche. Er sagt etwas von über tausendvierhundert Passagieren in der Hochsaison. Von einem Schwimmtest, bei dem die *Norröna* einen Wert erreicht habe, den kaum ein Kreuzfahrtschiff aufweisen könne. Dass noch nie etwas passiert sei in den dreißig Jahren, seitdem es den Fährbetrieb gebe.

Auf der schmalen Eisentreppe ins Innere des Schiffes muss Emelie anhalten. Sie spürt ihr Herz schlagen. Als wolle es die darüber liegende Haut sprengen.

Fynns Stimme dringt wie aus großer Entfernung zu ihr. Vor ihren Augen verflimmert das Licht. Nicht, denkt sie, nicht. Es sind nur ein paar Sekunden. Dann ist es vorüber.

Ein Steward fragt auf Englisch, ob er helfen könne. Sein Gesicht sieht unbewegt aus. Immer versucht Emelie zu ergründen, was ihr Gegenüber gerade denkt. Sie wartet auf den Moment, in dem sich sein Gesicht zu einer Grimasse verzieht. In dem Abscheu oder Mitleid erwachen. Etwas in ihr ist immer darauf vorbereitet. Aber nichts geschieht.

Fynn und der Mann helfen ihr auf. Das Blut in ihren Ohren rauscht. Fynn ist ganz blass. Der Steward bleibt bei ihr, während Fynn den Kabinenschlüssel holt. Der Aufzug bringt sie nach oben zu den Kabinengängen.

Als die *MS Norröna* um fünfzehn Uhr ablegt, schläft Emelie noch immer.

Lange Augenblicke, nachdem sie erwacht ist, weiß sie nicht, wo sie ist. Das Bett auf der anderen Seite ist leer. Auf dem Boden stehen ihre Taschen. Die Tür zum Bad knarzt. Das gleichmäßig knarrende Geräusch kommt von den festgeschraubten Möbeln, den Wandschränken und den in ihnen hängenden Kleiderbügeln.

Das runde Bullauge am Kabinenende steht voll dämmrigen Lichts. Sie kriecht darauf zu.

Wolkenbänder hängen über der zerfurchten Meeresoberfläche. Es ist so schön, dass sie blinzeln muss. Sie fragt sich, woher die Lichter kommen, die den Horizont wie schimmernde Fäden durchweben.

Vorsichtig legt sie die Hände auf das Glas. Es ist kalt und voller salzweißer Ränder. Schimmernde Vogelleiber tauchen zwischen die Wellen. Sie spürt die gleichmäßige Dünung, die das Schiff hebt und senkt. Diese Bewegung erinnert sie an etwas. Wenn sie die Augen schließt, spürt sie, wie sie sich ihr überlassen kann, ohne dass etwas geschieht.

Sie muss lächeln. Aufpassen, dass sie nicht zu glucksen anfängt wie ein kleines Kind.

»Und ich hatte schon Angst, du würdest seekrank werden.« Fynn steht plötzlich neben ihr. Er führt sie in das Restaurant, ein paar Treppen hinab. Sie sitzen vor den großen Fenstern, direkt über der Wellenlinie.

Emelie starrt in das Tiefseeblau. Fynn nimmt seine Streifzüge zum Büfett auf. Er bringt ihr alles, wonach sie verlangt.

Das Restaurant ist leer. Lediglich zwei Paare, eine Familie und einige Lastwagenfahrer verlieren sich in dem weitläufigen Raum. Die Mädchen vom Service blicken scheu zu Emelie oder starren somnanbul auf das Meer.

Nach dem Essen ordnet sie ihre Tabletten auf einer Serviette. Sie schluckt sie alle auf einmal.

Hinter den Fenstern breitet sich eine wässrige Finsternis aus.

»Darf man … ich meine, ist es erlaubt, während der Fahrt nach draußen zu gehen?«

Fynn lacht. »Natürlich. Aber zieh dich lieber so an, als seist du auf einer Antarktisexpedition, wenn wir an Deck gehen.«

Sie stehen unter einem Dachvorsprung am Heck der *Norröna*. Nur Emelies Augen sind noch sichtbar. Alles andere ist unter der weißen Kapuzenjacke, Mütze, Schal und Handschuhen verschwunden.

Das Schiff lässt helle Strudellinien auf dem Meer zurück. Dazwischen ist das Wasser ganz schwarz.

Emelie streckt ihre Hände nach den Gischtflocken. Sie muss vor Glück lachen. Aber was ist mit Fynn, fragt sie sich. Ist er auch glücklich?

»Fynn, ich weiß so wenig. Bitte«, bat sie, »bitte, erzähl mir von dir.«

Fynn schweigt. Er nimmt ihr Gesicht in seine Hände. Vorsichtig öffnet er seine Jacke und legt ihre rechte Wange an sein Herz. »Dann hör gut zu.«

Emelie ist überrascht, dass Fynn es noch weiß. In der Nacht auf dem Friedhof hat sie ihm erzählt, dass sie ihr Ohr nur an das Herz eines Menschen legen müsse, um seine Geschichte zu hören.

Eines Tages hatte sie herausgefunden, dass sie eine ganz besondere Gabe besaß. Emelie hatte den Kopf auf den Brustkorb ihrer Mutter gelegt. Genau über dem Herzen. Und dann hörte sie plötzlich die Stimme ihrer Mutter. Aber ihre Mutter sprach nicht. Ihre Augen waren geschlossen. Sie schlief. Und dennoch hatte Emelie sie sprechen gehört.

Anfangs hielt sie es für einen Zufall. Doch dann probierte sie es auch bei anderen Menschen aus. Bei Solveig. Bei Jasper. Und es funktionierte. Sie sprachen zu ihr im Takt ihres Herzschlags.

Emelie konnte hören, was sie nur dachten oder fühlten. Sie konnte ihre Geschichte hören.

Fynns Stimme scheint sich in ihren eigenen Herzschlag zu verwandeln:

Ich, Fynn, möchte nicht, dass ihr all die Lügen glaubt, die irgendjemand an meinem Grab aussprechen wird. Einige von euch, die mich zu kennen glauben, würden erzählen, was für ein guter Mensch ich doch trotz allem war. Nein danke. Es könnte mir egal sein, weil ich es ja nicht mehr hören muss. Es ist mir aber nicht egal. Aber wer weiß das schon. Ich verabscheue den Gedanken an so viel Unwahres, das ihr über mich wisst und denkt. Deshalb hinterlasse ich euch das hier, was ihr wissen sollt. Erzählt es, wenn ihr an meinem Grab steht. Da fällt mir ein: Es wird gar kein Grab von mir geben.

Ich konnte die Luft an dem Tag meiner Geburt weder riechen noch sehen. Aber ich stellte sie mir vor wie eine große Leuchtstoffröhre voller Aschestaub. Silbern und dunkel, vom Regen glasiert. Es war spät in der Nacht.

Ein Leichenwagen raste mit ausgeschalteten Scheinwerfern durch eine mittelhessische Kleinstadt. Im Wagen lag meine Mutter. Am Steuer saß mein Vater. Es war der erste November 1990. Es war zwei Grad unter null, viel zu kalt für die Jahreszeit. Für alle, die den Wagen sahen und die später davon in der Zeitung lasen, musste es ein merkwürdiger Trost sein. Du siehst einen Leichenwagen und denkst an die Toten. Und daran, dass sie tot sind. Und dann siehst du, sie leben noch. Oder sind noch gar nicht geboren.

Für die Dauer einiger Herzschläge schien der Ford die Luft in verwischte Umrisse zu teilen. Ein taumelnder Flug zwischen glänzendem Asphalt, Nebelfetzen und dem schmalen schwarzen Strich des Himmels.

Mein Vater drehte die Rockmusik im Radio lauter. *Black is black, i won't my baby back.* So drangen die Schreie meiner Mutter nur noch als jubelnder Refrain an sein Ohr. Zwischendurch telefonierte er. Die eine Hand hielt er an das Ohr gepresst, die andere umklammerte das Mobiltelefon. Mit den Knien lenkte er den Wagen.

Nach zwanzig Minuten halsbrecherischer Fahrt erreichte der Wagen des Bestattungsinstituts *Timless* die Stadt. Es war ein paar Minuten vor Mitternacht, als der Leichenwagen, ein Ford Granada MK2 Welsch, vor dem Eingang des Universitätsklinikums zum Stehen kam. Die Rabatte vor der Tür waren auf Herbstfarben zurückgeblüht.

»Falscher Eingang!«, schrien die Pfleger. Sie

starrten ungläubig auf den Wagen. Einer blickte in das Wageninnere. »Zu spät«, sagte er.

Es regnete. Eine Handvoll Schwestern und Sanitäter standen zusammen mit meinem Vater vor den geöffneten Hecktüren des Ford. Blut tropfte auf den Asphalt. Ich fing an zu schreien.

Meine Mutter schaute entgeistert. Jemand fotografierte.

Das war der Beginn von all meinem Elend. Der Beginn meiner transzendentalen Obdachlosigkeit, wie das Onkel Ole für mich später mal knapp zusammengefasst hatte.

Es heißt, es gäbe nur zwei Tage in deinem Leben, über die du keine Kontrolle hast. Der Tag deiner Geburt und der Tag deines Todes. Aus dem Rest gilt es, das Beste zu machen.

Ich hatte nie das Gefühl, die anderen Tage meines Lebens kontrollieren zu können. Ich glaube nicht, dass mein Leben viel mit mir zu tun hatte. Es hatte mich bis zuletzt einfach so gelebt. Ich war nie der Typ, der Kontrolle haben wollte. Ich habe auch nichts gesucht, mich nach nichts Großem oder Besonderem gesehnt. Und, wenn ich ehrlich bin, die Tatsache, dass ich in einem Leichenwagen zur Welt kam, klang verdammt noch mal nicht gerade wie ein Versprechen.

Viel später erzählte mir jemand eine Geschichte, in der eine hochschwangere Frau und ihr Ehemann bei einem Autounfall ums Leben kamen. Die Frau war einundzwanzig. Sie und ihr gleichaltriger Ehemann seien mit einem Fahrservice auf dem Weg ins Krankenhaus gewesen. An einer Kreuzung stieß ein anderes Auto seitlich in ihren Wagen. Das Paar wurde in verschiedene Krankenhäuser gebracht, wo beide kurz darauf starben. Das Baby überlebte und wurde noch an der Unfallstelle zur Welt gebracht. Ich hätte gerne erfahren, was aus dem Kind geworden ist.

Oft träumte ich mich in andere Versionen meines Lebens. Ich konnte nicht mehr unterscheiden, was ich in der Zeitung gelesen, was ich von anderen gehört oder selbst erlebt hatte, was Wirklichkeit und was Erfindung war. So hätte es gewesen sein können. Oder so. Möglicherweise lag darin eine Art Trost.

Erzählen bedeutet doch, aus der unendlichen Möglichkeit des Realen eine Wirklichkeit herauszuhören, die sich ständig zeigen will und doch immer entflieht.

Meine Geschichte handelt vom Geborenwerden. Von der Freundschaft. Vom Sterben. Und davon, wie es ist, wenn man nur wenig Zeit zum Leben hat.

Niemand hatte mir gesagt, dass ich nur wenig Zeit zum Leben hätte. Es war nur so ein Gefühl.

Mein Vater führte ein solides Beerdigungsunternehmen in der dritten Familiengeneration. Ich wuchs in Dillenburg, einer Kleinstadt am

Rande Mittelhessens vor den Toren des Westerwalds, auf. Oder vielmehr in den Geschäftsräumen der Firma. Meine Mutter führte die Bücher.

Mein Vater war der Ansicht, dass die Gegenwart eines Babys die Trauernden, die den Weg zu uns fanden, in ihrer Gesamthaltung positiv beeinflusste. Und so verlebte ich die erste Zeit meiner Kindheit zwischen Sargmodellen aus Eiche, Mahagoni, Buche, Linde, Kirschbaum, Kiefer, Fichte und Pappelholz in Truhenform oder Körperform, Blumengestecken, Decken und Urnen aus Marmor, Glas, Ton, Granulat, Holz, Messing, Edelstahl, Kupfer und Stahl in verschiedenen Farben, Formen und Oberflächen. Am liebsten hielt ich mich im Abschiedsraum auf.

Alles, was ich über meine früheste Kindheit wusste, verdankte ich den akribischen Tagebuchaufzeichnungen meiner Mutter.

In Dillenburg lebte mein Vater, seitdem es seine Vorfahren kurz nach dem Zweiten Weltkrieg hierher verschlagen hatte. Meine Eltern führten ein zurückgezogenes, wenn auch geachtetes Leben. Niemand wollte wirklich mit einem Bestattungsunternehmer befreundet sein.

Meine Mutter stammte aus Island. Mein Vater und sie hatten sich in Hamburg kennengelernt, wo sie beide Betriebswirtschaft studierten. Irgendwie schaffte es mein Vater, sie zu überreden, ihm nach dem Tod seiner Eltern in die hessische Provinz zu folgen. Dafür verbrachten sie jedes Jahr im Sommer einen ganzen Monat auf Island. Das war der Kompromiss.

Natürlich hatte ich auch daran keine Erinnerung. Nur die Tagebucheinträge meiner Mutter füllten Seiten in dieser Zeit. In ihrem Alltag beschränkte sie sich sonst auf knappe Zusammenfassungen und Beobachtungen. Diese Alltagsnotizen sagten mir alles über mein Leben in diesen ersten Jahren. Dennoch wurde ich das Gefühl niemals los, auf mein Leben zu blicken wie auf ein Bild. Ein Bild in einer aus zu großer Ferne rührenden Blässe.

Ich besuchte nie einen Kindergarten. Dafür übernahm Onkel Ole aus Singen einen Teil meiner Erziehung. Onkel Ole war der ältere Bruder meiner Mutter. Nach einem abgebrochenen Studium der Skandinavistik und Philosophie hielt er sich im Bestattungsunternehmen seiner Schwester als Sargträger, Leichenwagenfahrer, Leichenwäscher und Schreiner über Wasser. Parallel dazu schrieb er an einem gewichtigen viertausendseitigen Roman, über dessen Inhalt er sich, ganz nach Art der Skandinavier, ausschwieg.

So kam es, dass ich im Alter von zwei Jahren mit den Schriften von Kierkegaard und Nietzsche sowie der Lebensphilosophie Bergsons vertraut gemacht wurde. Denn meinem Onkel war es völlig gleichgültig, was er mir vorlas. Hatte er

doch einmal entdeckt, dass ich aufhörte umher-
zukrabbeln, zu schreien und schließlich ganz
verstummte, wenn jemand im Raum aus einem
Buch las oder etwas erzählte.

Meiner Mutter war es recht, sobald sie entdeckte, wie ruhig und zufrieden ich aus der Beaufsichtigung meines Onkels zurückkehrte.

Der scheute sich auch nicht, im Kühlraum
oder der Sargausstellung aus seinem Roman-
werk zu lesen. Regelmäßig versorgte er mich
auch mit dem Feuilleton der überregionalen Zei-
tungen. Ein ausgesprochener Melancholiker und
Misanthrop, blieb die Lektüreauswahl meines
Onkels recht einseitig.

Dies beklagte meine Mutter in einem späteren
Tagebucheintrag. Da hatte sie nach dem Verschwinden ihres Bruders gerade eine Lektürelis-
te für mich in seinem Zimmer gefunden. Meine
Mutter war entsetzt. Zu diesem Zeitpunkt war
ich bereits fünf.

Mehr aus einer äußeren Not, die der Frage
der Beaufsichtigung geschuldet war, als einer
wirklichen Reife entsprechend, wurde ich auf die
örtliche Grundschule geschickt. Mein Vater
fand, nun, da ich alle notwendigen Kulturtechni-
ken beherrschte und aus meinen Lebensäuße-
rungen, vom vornehm unterdrückten Rülpser bis
hin zum verständig huldvollen Lächeln, eine
überdurchschnittliche Intelligenz spräche, sei ich
eigentlich reif für das Gymnasium.

An die vier Jahre meiner Grundschulzeit hatte ich keine eigene Erinnerung. Meine Mutter war ja im Unterricht oder an den Nachmittagen im Hort nicht da. Und meinen eigenen Tagebuchaufzeichnungen aus dieser Zeit traute ich nicht.

Die Schulzeit war darin ein weißer Fleck. Stattdessen sätzelange Ausführungen über das ziellose Dahineilen der Wolken. Das Nahen der Nacht. Über das Licht, das in den Bäumen vor meinem Kinderzimmer hing.

Und dann waren die vier Jahre in der Grundschule plötzlich um. Die einzig schöne Zeit in meinem Leben waren diese Jahre. Dabei hatte ich nur eine diffuse Erinnerung an sie. Erinnerungen wachrufen, das ist doch das Schönste, was man am Ende tun kann. Und das Einzige.

Ich kann nicht sagen, wie das alles angefangen hatte. Wenn man sich an die Chronologie der Ereignisse hält, würde ich diesen Satz Lügen strafen. Es gibt immer eine Chronologie. Und es gibt immer einen Augenblick, eine Stunde, einen Tag, der dir klarmacht, dass dein Leben bisher einer Uhr glich. Einer Uhr, deren Zeiger stillstanden. Und dann fällst du aus der Zeit.

Einen solchen Tag gab es. Es war Sommer. Der Sommer 2000, bevor ich auf das Gymnasium im benachbarten Herborn gehen sollte.

Meine Mutter war im achten Monat schwanger. Behutsam bereiteten meine Eltern mich darauf vor, das Haus demnächst mit einer kleinen

Schwester zu teilen. Sie hatte noch keinen Namen. In dieser Hinsicht waren meine Eltern abergläubisch. Doch nach Island fuhren wir in diesem Sommer nicht. Wir verbrachten zwei Wochen an der Ostsee.

Im Sommer fuhren wir immer in den Urlaub. Im Sommer wurde weniger gestorben.

Als wir zurück waren, lagen noch immer vier Wochen Ferien vor mir. An dem Tag, den ich meinte, erwachte ich unter einem blassblauen Himmel. Allerdings war das nur der Sarghimmel, Modell »Ewige Ferien«, unter dem ich verbotenerweise genächtigt hatte.

Ich lief zum See. Über der Wasseroberfläche hingen Nebelfetzen. Kleine, braunwandige Stege führten über die morastige Uferzone auf das Wasser hinaus. Auf einem der Stege stand jemand. Als ich näherkam, sah ich, dass es eine Frau war. Am Stegaufgang lag ein dunkles Bündel Kleidung. Die Frau wendete mir den Rücken zu. Sie war nackt. Ich hatte noch nie zuvor eine nackte Frau gesehen. Die verwischten Umrisse des Morgens über dem See. Der vom weichen Licht gerundete Körper einer Fremden. Das samtschwarze Wasser, in das ihr Körper plötzlich glitt und nicht mehr auftauchte.

All das ging mir bis unters Herz. So, wie wenn man ein Bild zu lange belichtet. Dann entstehen Bewegungsunschärfen. Ein Augenblick vergehender Zeit.

So starrte ich noch auf das Wasser, als die Sonne bereits über den Bäumen stand. Ich war in einem Zustand wie Wachen und Schlafen gleichzeitig.

Die Wasseroberfläche blieb unbewegt. Dort, wo die Frau verschwunden war, zog später der aufkommende Wind Strudellinien bis an den Horizont.

Als ich mittags an das Ufer zurückkehrte, lag das Bündel Kleidung unberührt auf dem Steg. Die Frau blieb verschwunden. Angler hatten einige der anderen Stege besetzt. Ich erzählte niemandem, was ich gesehen hatte.

Vielleicht dachte ich an ein Bild aus einem Traum. Vielleicht legte ich mir eine natürliche Erklärung zurecht.

Am Abend wurden der See und das Ufer von Polizeitauchern abgesucht. In der Zeitung erschien eine kurze Meldung. Eine Zeitlang bewahrte ich sie auf. Jedenfalls wurde nie jemand gefunden.

Ich kann nicht sagen, wie es angefangen hatte. Aber ich wusste, dass es an diesem Tag angefangen hatte. Ich ging nicht mehr zu den Teichen, um zu schwimmen. Ich streunte nicht mehr durch die Wiesen. Ich wartete.

Wenn man mich gefragt hätte worauf, so hätte ich keine Antwort gewusst. Vielleicht: Seitdem habe ich eine so große Sehnsucht nach dem Tod. Und wie es wäre, ganz woanders zu sein.

Manchmal denke ich, wäre das nicht passiert, dann wäre auch das andere nicht passiert. Und das, was auf das andere folgte. Und immer so fort.

Ich dachte über die Zufall-oder-Schicksal-Frage nach. In den vergangenen Jahren gab es keinen einzigen Tag, an dem ich nicht an diesen Morgen am See gedacht hätte. Nicht einen einzigen.

Seit einigen Tagen besuchte ich das Gymnasium in der Nachbarstadt. Ich hatte Angst und fühlte mich allein. Jeden zweiten Tag rief ich meinen Vater an. Er sollte mich bereits am Vormittag aus der Schule abholen.

Das tat er auch am 19. August. Der 19. August 1999 war ein Freitag. Das war der Tag, an dem meine Mutter starb.

Der Hin- und Rückweg in die Stadt dauerte etwa eine Stunde. Mein Vater ließ meine Mutter in dieser Zeit ungern allein. Wenn er konnte, schickte er einen Fahrer.

So kam es, dass ich manchmal mit dem Leichenwagen von der Schule abgeholt wurde.

Aber an diesem Tag war niemand im Geschäft. Mein Vater fuhr also selbst. Meine Mutter setzte sich für diese Zeit in die Geschäftsräume. In dieser Zeit, zwischen elf Uhr dreißig und zwölf Uhr dreißig, wurde meine Mutter im Verkaufsraum des Bestattungsinstitutes ermordet. Niemand denkt daran, dass so etwas je passieren könnte. Doch dann passiert es einfach.

Als ich an diesem Morgen die wegen ihrer Schwangerschaft schwerfällige Umarmung meiner Mutter über mich ergehen ließ, wusste ich nicht, dass ich sie niemals wiedersehen würde. Hätte ich es gewusst, dann hätte ich sie festgehalten und niemals mehr losgelassen.

Die Täter waren eine junge Frau und ein Mann. Er Mitte zwanzig, sie Anfang zwanzig. Sie betraten unser Geschäft, kurz nachdem der Wagen meines Vaters die Ausfahrt passiert hatte. Die Kamera, die meine Eltern nach einem Einbruch in das Geschäft hatten anbringen lassen, zeichnete alles auf.

Man gab mir die Aufzeichnungen niemals zu sehen.

Viele Jahre später sichtete ich den Nachlass meines Vaters. Da fand ich den Polizeibericht und die Fotos vom Tatort in seinem Schreibtisch.

Das junge Paar hatte ein sehr ungepflegtes Aussehen. Rasch wurde deutlich, dass sie keine ernsthaften Absichten bezüglich der Hilfe in einem Trauerfall hatten. Es gab ein kurzes Wortgefecht. Meine Mutter griff zum Telefon. Der Mann zückte ein Messer. Ängstlich händigte meine Mutter ihm das Bargeld aus. Es war nicht viel, was sich an diesem Vormittag in der Schublade befand.

Dann geschah etwas Merkwürdiges. Die beiden verschlossen das Geschäft. Sie setzten sich zu meiner Mutter. Offenbar sprachen sie über ihre Schwangerschaft. Vor allem die junge Frau schien ein großes Interesse zu zeigen. Die beiden stellten Fragen. Meine Mutter antwortete geduldig. Vielleicht hoffte sie auf die baldige Rückkehr meines Vaters. Oder auf einen stutzig werdenden Kunden. Sie zeigte sogar ihren hochschwangeren Bauch.

Ich versuchte, mir die Situation vorzustellen. Es ist der Fluch der Vorstellung, dass sie die Welt noch in ihrer Verneinung aufleuchten lässt. Einer Vorstellung, die nie wieder aus deinem Kopf weichen wird. Nie wieder.

Eine Hochschwangere führte in einem Bestattungsinstitut ein Gespräch mit ihren beiden Mördern. Was würde ich empfinden, wenn ich die Möglichkeit gehabt hätte, das Videoband zu sehen? So wie mein Vater.

Der Mensch, so sagt man, kann etwa einhundertfünfzig Farbtöne aus dem Spektrum des sichtbaren Lichts unterscheiden. Er kann sie zu einer halben Million Farbempfindungen kombinieren. Millionen von Eindrücken sammelt unser Auge in einer Sekunde. Über den Sehnerv leitet es sie an unser Gehirn weiter. Bei jedem dieser Vorgänge werden die elektromagnetischen Wellen des Lichts in elektrische Impulse umgewandelt. Aus diesen erzeugt das Gehirn Bilder. Und es verbindet die Bilder mit unseren Emotionen, Erinnerungen und unserem Wissen.

Doch was ich empfunden hätte, wäre: Nichts. Was ich mir vorstellte, nahm mir der Polizeibericht in seiner nüchternen Sachlichkeit ab. Doch selbst diesem Bericht merkte man das ungläubige Erstaunen über das Paradoxe dieser Situation an: Auf eine Straftat mit Gewaltandrohung folgte ein intimes, äußerlich offenbar entspanntes Gespräch zwischen drei Menschen. Und dann geschah es. Die Frau sprang mit einem jähen Satz über die Tischplatte. Sie presste meine Mutter auf den Stuhl und bog ihren Kopf nach hinten. Ihr Begleiter stach sechzehn Mal auf sie ein. Auf den Oberkörper, den Hals, den Kopf und die Arme.

Meine Mutter lebte noch, als der Mann begann, den Fötus aus ihrem Bauch zu schneiden. Das Baby atmete. Man konnte es sehen, als es die junge Frau blutverschmiert in ihren Armen hielt. Man konnte auch sehen, wie meine Mutter verblutete.

Die beiden Täter kümmerten sich nicht darum. Sie wickelten das Baby in die Jacke des Mannes. Die Frau presste es an ihre Brust. Der Mann ging noch einmal durch die Geschäftsräume. Er fand kein Geld mehr. Dann verschwanden die beiden aus dem Sichtbereich der Kamera. Es war 11:45 Uhr.

Um 12:02 Uhr betrat ein älteres Paar das Ge-

138

schäft. Als sie vor dem Schreibtisch standen, sah man das Entsetzen in ihren Gesichtern. Man sah, wie sich ihre Mienen zu einem Schrei verzerrten.

Manchmal, wenn ich die Augen schließe, kann ich diesen Schrei hören. Sie stürzten aus dem Geschäft. Um 12:04 Uhr ging der Notruf bei der Polizei ein.

Als mein Vater und ich um kurz nach halb eins das Haus erreichten, war bereits alles abgesperrt. Polizei- und Rettungswagen versperrten die Einfahrt. Mein Vater befahl mir, im Auto sitzen zu bleiben. Ich sah, wie er auf das Haus zuging. Seine Schultern waren hochgezogen. Es hatte den Anschein, als würden seine Beine jeden Augenblick einknicken. Aber das taten sie nicht.

Mein Vater ging weiter. Er sprach mit den Beamten am Eingang. Dann verschwand er in unserem Geschäft. Das war das letzte Bild, das ich von meinem Vater in Erinnerung hatte.

Alles, was danach kam, konnte ich nicht mehr verbinden mit dem Vater, den ich gekannt hatte.

Drei Monate später fand man das Paar in einer Unterkunft für Obdachlose in Berlin. Das Baby war bei ihnen. Meine namenlose Schwester lebte. Mein Vater hatte mir nie davon erzählt. Auch nicht, dass sie bald schon zu uns kommen sollte. Dass wir, zumindest ein kleines bisschen, wieder eine Familie sein würden. Ich hatte erst nach dem Tod meines Vaters davon erfahren.

Es war Ende November. Zu diesem Zeitpunkt existierte unser Zuhause bereits nicht mehr. Meinen Vater hatte die Verzweiflung eingeholt. Trotz aller Versprechen, für mich da zu sein, immer für mich zu sorgen und eine Familie zu bleiben, konnte er nicht mehr länger mein Vater sein.

Nachdem meine Mutter in Raufarhöfn auf Island beerdigt worden war, verschwand mein Vater jeden Tag ein bisschen mehr.

Eines Tages hatte er es nicht mehr ausgehalten, dass nur noch so wenig von ihm übrig war. Also nahm er für den Rest von sich einen Strick und erhängte sich über dem Schreibtisch, hinter dem man meine Mutter umgebracht hatte.

Ich war zehn Jahre alt, als ich die Asche meines Vaters ins Meer streute. Er hatte es so bestimmt. Über meine Zukunft gab es keine Pläne.

Da mein Vater keine Verwandten mehr hatte und die Familie meiner Mutter zu weit entfernt lebte, wurde ein Vormund über mich bestellt. Man sorgte dafür, dass ich in ein Heim kam. Über das überschaubare Vermögen meines Vaters durfte ich mit Erreichen meiner Volljährigkeit verfügen.

Immer wieder fragte ich in der ersten Zeit nach meiner Schwester. Man gab mir keine Antwort. Oder man vertröstete mich. Ich selbst war zu jung, um eine ernsthafte Suche beginnen zu können. Meine Schwester tauchte in meinem

Leben auf, nur, um wieder darin zu verschwinden. Sie wurde zur Erzählung. Zur Frage. Schließlich zur Fiktion.

Ich hatte jeden Tag aufs Neue die Möglichkeit, sie zu erfinden. Ich konnte mir nicht vorstellen, ob jemand, der auf diese Weise in die Welt gezerrt worden war, überhaupt einen Geburtstag hat. Oder ob meine Schwester daran erinnert werden möchte.

Manchmal sah ich sie. Sie lächelte mich aus einer Gruppe von Kindern an, die an einem schönen Sommertag in Begleitung ihrer Erzieherinnen die Straße überquerten. Sie betrachtete mich versonnen aus einem Wagenfond heraus. Mit einem Blick, der sich seines Wissens bewusst war. Sie hielt mitten im Spiel auf einer Wiese im Stadtpark inne und sah mir lange nach. Ich sah sie.

Manchmal ertappte ich mich dabei, auf sie zuzugehen und sie ansprechen zu wollen. Dann merkte ich, dass es nichts gibt, worauf ich sie hätte ansprechen können. Sie hatte keine Erinnerung.

Nur ich konnte sie sehen. Vielleicht würde ich ihr das Foto zeigen. Ich besitze drei Fotografien. Sie sind in meinem Portemonnaie und auf meinem Smartphone. Eines der Bilder zeigt meine Mutter. Wenn ich alleine war, holte ich das Foto aus meiner Tasche. Ich berührte es mit den Fingern. So, als wäre ihr Gesicht wirklich vor mir.

Ich tat das, obwohl das, was ich dabei deutlich empfand, nicht die Gegenwart war, die ich suchte, sondern vielmehr die Abwesenheit einer Frau, die für mich gesorgt hatte, die mich gefüttert und ins Bett gebracht, die mir vorgelesen und bei meinen Hausaufgaben geholfen hatte, die mich hatte aufwachsen und zur Schule gehen sehen.

In meinen Träumen sah ich immer wieder hinauf zu den Sternen. Die Venus schimmerte blass über den entfernten Hügeln. Auf der Venus dauerte ein Erdentag einhundertsiebenundsiebzig Tage. Das hatte mir meine Mutter erzählt.

Es gab einmal eine Zeit, da wünschte ich mir, auf der Venus zu leben. Inzwischen habe ich das Gefühl, die vierundzwanzig Stunden, die ein wirklicher Erdentag andauert, sind zu viel zwischen mir und dem, was aus mir hätte werden können.

Ich sah wieder auf das Foto. Meine Mutter war nicht mehr da.

Ich hatte es versucht. Nach dem Tod meiner Eltern war ich weiter zur Schule gegangen. Irgendwann wurde mir klar, dass sie dein Hirn in der Schule in zwei Teile spalten. Irgendwann hast du das Gefühl, fremd zu sein im eigenen Hirn. Wenn du später arbeiten gehst, bekommst du Geld als Lohn dafür, dass du dich verkaufst und dumpf wirst. Ich hatte es versucht.

Wenn ich mir mein Leben in die Arbeit legte, war es weg von mir. Ich fand es auch am Wochenende nicht wieder. Die Angst war so groß. Sie ging nicht weg. Ich hatte versucht zu überwinden, was mir wehtat. Es zu verachten. Nicht auf das Gerede vom Schicksal zu achten. Es gibt kein Schicksal. Denn das bedeutet: Verbundenheit mit anderen. Und wenn du gerade anfängst, dich mit anderen verbunden zu fühlen, dann gehen sie.

Ich sah auf die Fotografie in meiner Handinnenfläche. Wann ist ein Foto ein Foto? Wann verschwimmt oder verschwindet das fotografische Bild? In jedem Bild kann ein Rätsel verborgen sein. Man musste es nur sehen. Oder gleich dazu erfinden.

Das Vergangene war immer das Dunkle. Ich merkte es daran, dass das Licht auf den Bildern, die ich vor meinen Augen sehen konnte, gefroren war. Als hätte die Zeit, die inzwischen vergangen ist, dazu geführt, dass das Bild überbelichtet war. Alles, was man im Nachklang der Erinnerung zu sehen glaubte, hatte diese verwischte Unschärfe. Nichts davon konnte wahr sein.

An dem Tag, den mein Vater für seine Beerdigung bestimmt hatte, erwachte ich früh. Am Abend davor war Onkel Ole mit mir in seinem klapprigen Buckelvolvo an die Nordsee gefahren. Ich wusste nicht mehr, wie der Ort hieß. Es war ein trostloses kleines Fischernest wie die meisten Orte an der deutschen Nordsee.

Ich sah aus dem Fenster der kleinen Pension. Dort hatten wir uns für zwei Tage einquartiert. Wir, das waren Onkel Ole, Zoe, ein schrilles junges Mädchen, das seine Tochter sein könnte, und ich. Die beiden hingen wie Kletten aneinander. In der Nacht hörte ich sie auf ihrem Zimmer so lange schreien und stöhnen, bis ein Pensionsgast an die Tür hämmerte. Als ich Onkel Ole einmal fragte, ob er später mal heiraten wolle, hatte er nur gelacht. Sollte ich jemals heiraten, hatte er gesagt, dann eine sterile Taubstumme, die gerne Geschirr spült.

Das war typisch für Onkel Ole. Zoe hätte er ganz bestimmt nicht geheiratet.

Zoe lachte die ganze Zeit. Sie fragte mich allen Ernstes, warum ich so traurig sei.

Onkel Ole machte ganz den Eindruck eines Menschen, der sich einer lästigen Aufgabe zu entledigen suchte.

Später erfuhr ich, dass mein Vater bereits für alles gesorgt hatte. Ort und Zeit waren bestimmt. Die Pensionszimmer gebucht und das Schiff gechartert, das uns auf das offene Meer fahren würde. Auch Zoe war bezahlt, um Onkel Ole bei Laune zu halten. Sogar die nüchterne Trauerzeremonie auf dem Deck des Trawlers, auf dem mein Vater viele Sommer hinweg seine Ferien verbracht hatte, war organisiert.

Eines musste man meinem Vater lassen: Von Begräbnissen verstand er etwas.

Ich sah aus dem Fenster der Pension. Das Meer war ein Feld aus Wind. Ich dachte: Wo ist einer, wenn er fort ist? Lauter solche Gedanken. Und ich dachte, wie jemand imstande ist, seinen eigenen Tod so genau, bis ins kleinste Detail, zu planen.

Ich überlegte fortzulaufen. Ihm seine Scheiß-Beerdigung einfach zu vermasseln. Schließlich war ich ja so etwas wie der Stargast. Ich hatte so eine Wut, dass ich Zoe, als sie mich beim Frühstück wieder fragte, warum ich nicht mal lächeln könne, einfach sagte, sie solle endlich die Fresse halten und stattdessen lieber das tun, wofür sie mein Vater bezahlt habe, nämlich Onkel Ole zu vögeln.

Bis wir auf dem Kutter waren, sagten beide gar nichts mehr. Das hatten sie mir offenbar nicht zugetraut.

Ein grauer Nieselregen hatte sich auf den Vormittag gelegt. Das Wetter konnte mein Vater offenbar nicht organisieren. Oder vielleicht wollte er es auch gerade so.

Die beiden Fischer empfingen uns wortkarg. Am Hafen stand eine Frau in dem Regen. Sie sah mich lange an. Ich konnte sehen, wie sich ihre Lippen bewegten. Ich war mir ganz sicher: Ihr Mund formte meinen Namen. »Fynn«, sagte sie, »Fynn.«

Fynn schläft. Emelie kann es hören, wie die

Worte langsam leiser werden in ihm und verschwinden. Sie hört nur noch seinen Atem. Wie gerne würde sie ihm weiter zuhören. Bis zum Ende.

»Fynn, darf ich dich etwas fragen?«

Fynn nickt.

»Das kleine Mädchen auf der anderen Seite im Restaurant. Warum hast du sie die ganze Zeit so angestarrt?«

»Ich habe sie angestarrt?«

»Ja. Vielleicht hat es ja auch nichts zu bedeuten. Oder kanntest du die Familie?«

»Nein.« Fynn geht an die Reling. Er dreht sich zu ihr um, den Rücken an die Brüstung gelehnt. »Aber sie könnte meine Schwester sein. Wobei mir einfällt, dass du doch gar nicht wissen kannst, dass ich eine Schwester habe.«

Emelie dreht an ihrem Hörgerät. Sie hat sich das Meer nicht so laut vorgestellt. In ihre Stimme mischt sich der Wind und das Toben der Gischt.

»Doch, das weiß ich, Fynn. Du hast es mir gerade erzählt. Diese entsetzliche Geschichte. Deine Schwester, Fynn: Glaubst du nicht, du könntest sie wiederfinden?«

Fynn schüttelt ungläubig den Kopf. Er presst mit flachen Händen auf seine Wangenknochen, fast schmerzhaft, wie im Zangengriff. Als müsse er sich festhalten.

»Sie werden ihr einen anderen Namen gegeben haben. Ich meine, sie hatte ja noch gar keinen Namen. Und sie ist viel zu klein, um mich zu suchen. Wir könnten uns immer wieder begegnen und wüssten es nicht. Verstehst du, es kann jede sein in diesem Alter, und wir würden doch nie voneinander erfahren.«

Emelie läuft an die Reling. »Was ist das? Siehst du das?« Sie zeigt auf einen fahlgelben Lichtpunkt in der verwischten Finsternis zwischen den Wellentälern.

»Ein anderes Schiff. Vielleicht ein Fischtrawler. Vielleicht ein kleiner Frachter. Was ist daran so Besonderes?«

»Ich weiß nicht. Es macht mir irgendwie Gänsehaut. Die Vorstellung, dass da noch andere Menschen auf dem Meer sind. Und man sich nie begegnet. Am liebsten möchte ich sofort dahin.«

Fynn legt ihr den Arm um die Schulter. Selbst durch den Stoff der Winterjacke spürt er ihre knochigen Schultern. Die schiefen, hervorstehenden Gelenke. Er spürt das Zittern ihres greisenhaften Körpers. »Du hast seltsame Gedanken.«

Emelie zieht Fynn am Ärmel. »Ich würde gern einmal ganz nach oben gehen.«

»Gut. Aber achte auf den Wind. Er nimmt zu. Außerdem kommen wir immer weiter auf das offene Meer.«

Emelie ringt nach Atem. »Ich meine, ich verstehe jetzt, warum du immer alle Mädchen in dem Alter, in dem deine Schwester jetzt sein könnte, ansehen musst. Und du solltest nie damit aufhören. Eines Tages wirst du sie finden.«

»Ja. Verfluchte Hoffnung!« Er sagt ihr noch, dass Matti schon seit vielen Jahren nach ihr suchte, als sei er ihm oder seinem Vater etwas schuldig, aber das geht im Sturmgeheul des Windes unter. Die Deckbeleuchtung flackert. Niemand sonst ist hier draußen. Das Meer ist voller weißer Flecken. Der Boden unter ihnen glänzt swimmingpoolblau. Emelie hat das Gefühl, über Wasser zu laufen. Der Wind drückt sie zu den Türen.

Fynn nimmt ihre Hand. »Es hat keinen Sinn. Wir sollten unter Deck gehen.«

Emelie schließt die Augen. Sie weiß nicht, ob es wegen Fynns Berührung ist oder um noch einmal die Nachtmeerluft zu atmen.

In der Bar sitzen sie auf bequemen Ledersesseln an einem runden Tisch. Hinter den großen Glasflächen ist das Meer nur noch eine schwarze Anmutung. Emelie denkt, dass sie längst schlafen müsste. Sie schläft die meiste Zeit des Tages. Sonst … Sie mag nicht weiterdenken. Und Fynn wird sie es schon gar nicht sagen. Was spielt das jetzt noch für eine Rolle. Jetzt ist alles anders.

Fynn steht auf. »Möchtest du etwas trinken?«

»Das gleiche wie du.«

Er bringt zwei Gläser Tee mit Rum und Zitrone. Fragend schaut er sie an. »Woran denkst du?«

»Für mich ist es immer so«, sagt Emelie.

»Was meinst du?«

»Dass die Menschen verschwinden. Sie sehen dich an. Aber sie interessieren sich nicht für dich. Und wenn du denkst, jemand interessiert sich für dich, ist er schon wieder verschwunden. Früher habe ich immer auf jedes Lächeln gewartet. Auf jeden Blick, der einfach nur ein Blick war. Und ich warte. Ich warte darauf, dass jemand zurückkommt, der nie da gewesen ist. Klingt schräg, oder?«

»Nein.« Fynn schüttelt den Kopf. »Das kann ich gut verstehen. Ich glaube, bei mir wäre es anders, wenn ich die ganze Zeit mit meinen Eltern aufgewachsen wäre. Mit meiner Schwester. Ich habe nie wirklich daran geglaubt, dass jemand bei mir bleiben könnte.«

Er hält inne. »Schließlich ist ja auch niemand geblieben.«

Mit einem schlürfenden Geräusch saugt er einen Schluck Tee ein. »Spürst du das?«

»Was?«

»Na, das Schiff. Die Wellen. Da zieht ein Sturm heran. Vom Nordatlantik.«

Es scheint, als würde die *Norröna* winzige Abhänge hinabfahren, sich kurz besinnen und im Verharren die stumpfen Schläge der Wellen parieren. In regelmäßigen Abständen durchläuft das Schiff ein Zittern. Vor den Fenstern verschiebt sich eine unsichtbare Linie. Mal ist da nur der Nachthimmel, mal die schwarze See.

»Ich dachte, so muss es sein. Wenn man auf einem Schiff ist.«

Fynn lacht. »Natürlich. Das hatte ich vergessen. Es ist dein erstes Mal. Aber die meisten werden grün im Gesicht und fangen an zu kotzen. Und du hast auch wirklich keine Angst mehr?«

»Wovor sollte ich jetzt Angst haben?«

»Hm. Da hast du wohl verdammt recht. Wovor sollten wir beide noch Angst haben. Du bist das erstaunlichste Mädchen, dem ich je begegnet bin.«

Emelie kennt kaum Komplimente. Außer: *Du bist so tapfer. Wie bewundernswert, dass du das alles so schaffst. Dass du noch nicht aufgegeben hast.*

Sie wird rot. Ob man das auch in ihrem Greisengesicht sehen kann? Die Frage treibt ihr noch mehr Hitze ins Gesicht. Sie versucht, sich auf das zu konzentrieren, was Fynn gerade gesagt hat.

»Aber wenn ihr euch finden würdet, du und deine Schwester, dann würde sie doch bestimmt bleiben.«

»Wer weiß das schon.« Fynn überlegt. Er erzählt ihr von der Frau am Hafen. Damals, bei der Bestattung seines Vaters. Von der Frau, die im See schwimmen ging und nie wiederauftauchte.

»Ich weiß, wie sich das anfühlt. Aber ich weiß

150

nicht, wie es sich anfühlt, wenn man nur noch kurze Zeit zu leben hat. Ich meine, ich kann mir eine Deadline setzen, aber es bleibt noch immer ziemlich weit weg, oder?«

»Ich bin wohl nicht die Richtige, um dir darauf zu antworten.«

Über ihren letzten Satz schläft Emelie ein. Sie spürt nicht, wie Fynn sie in seine Arme nimmt. Er trägt sie, um sein Gleichgewicht bemüht, in die Kabine.

9

Auf dem Meer

DAS SCHIFF GLEITET, rollt, taumelt auf dem Meer. Vom Mond für Sekundenbruchteile erhellt, heben sich Wolkenfetzen, schwimmenden Eisfeldern gleich, vom Mitternachtsblau des Meeres ab. Noch niemals zuvor hat Emelie so etwas unwirklich Schönes gesehen.

Sie starrt durch das Bullauge in ihrer Kabine. Das Relief des Himmels. Die ineinanderstürzenden Wellenberge. Alles um sie herum ächzt und knarrt.

Fynn spricht im Traum. In ihrem Kopf fühlt es sich an wie Wachen und Schlafen gleichzeitig. Der jähe Wechsel von Helligkeit und Finsternis erinnert sie an das, was ihre Mutter von ihrer Geburt erzählt hat. Überhaupt muss sie in letzter Zeit häufig an das denken, was sie von ihren Eltern über ihr erstes Jahr erfahren hat.

Sie stellt sich vor, Fynn würde ihr zuhören, während sie gegen das Glas flüstert. Ihr Körper fügt sich in die Bewegungen des Schiffes. Jenseits der Laute um sie herum scheint ihr alles ganz still.

Aber vielleicht stimmt das nicht. Ihr Hörgerät könnte falsch eingestellt sein. Sie hat ohnehin das Gefühl, dass ihre Hörfähigkeit von Tag zu Tag schwindet. Je weniger Laute sie wahrnimmt, desto mehr richtet sie ihre Aufmerksamkeit nach innen.

»Meine Mutter sagt, man ist erschrocken und bewegt zugleich von der lautlosen Gewalt der Sonnenverdunkelung. In den letzten fünf Minuten vor der Verfinsterung nimmt der Himmel eine unbeschreiblich grünlich-fahle Färbung an. Am westlichen Horizont kann man beobachten, wie sich die Dunkelheit ausbreitet. Wie Wolken vor einem Gewitter vielleicht. Man wird selbst ebenso still und sprachlos wie die Natur um einen herum. Alle Lebewesen verstummen, wenn sich der Kernschatten des Mondes auf die Erde senkt und der Himmel so dunkel wird, dass helle Sterne und Planeten am Tage sichtbar werden. Gleichzeitig wird es kühler. Die Winde kommen zur Ruhe.

Es wird nicht einfach Nacht. Die Dunkelheit, die bei einer Sonnenfinsternis entsteht, ist anders. Wenige Minuten vor der Finsternis kann man seltsame, schnell verfliegende Schatten auf den hellen Flächen beobachten. Die Sonne blitzt auf. Direkt vor Eintritt der totalen Finsternis. Eine rötliche, flammenartig dünne Schicht. Noch einmal leuchtet das Tagesgestirn auf. Dann tritt die Finsternis ein. Der Himmel verliert all sein Blau. Er nimmt eine eigenartig graue Dämmerfarbe an. Vielleicht wie in einer Vollmondnacht. Alle Vögel verstummen. Die

Blüten schließen sich. Über dem Horizont liegt ein orange-roter Dämmerungssaum.

Wusstest du, dass es nichts Schwärzeres gibt als die Schattenseite des Mondes vor dem Strahlenkranz der Sonne? Es sind nur zwei Minuten, genau genommen: zwei Minuten und siebzehn Sekunden, in denen die Landschaft in fahles Dämmerlicht getaucht wird. Nur zwei Minuten, in denen die Scheibe des Mondes pechschwarz vor der Sonne steht.

Stell dir vor«, flüstert Emelie in die sich auftürmenden Wellengebirge, »das sind die zwei Minuten, in denen ich geboren wurde.

So hat es mir meine Mutter erzählt. Ein ganz schöner Zufall, nicht wahr? Denn sie hat mir auch erzählt, dass die nächste Sonnenfinsternis in Deutschland erst am 3. 9. 2081 sein wird.

Stuttgart lag, sagte meine Mutter, als einzige deutsche Großstadt in der zentralen Finsternislinie. Genau um 12:34 Uhr, zum Zeitpunkt meiner Geburt. So eine Linie ist 14000 Kilometer lang, aber nur 112 Kilometer breit. Trotzdem braucht sie nur eine halbe Stunde, um den Atlantik zu überqueren.

Und wir haben noch nicht einmal das Nordmeer erreicht …

Weißt du, wie schnell wir sind?« Emelie verstummt. Sie schaltet das Hörgerät ganz aus, damit sie ihre hohe fiepsende Stimme nicht hören muss. Der Klang ihrer Stimme hat sie schon immer erschreckt. Und dann denkt sie daran, wie sie andere erschrecken muss.

Wie entsteht eine Sonnenfinsternis?

Emelie kann Fynn gar nicht hören. Sie glaubt, er schläft. Und doch stellt sie sich vor, wie er genau in diesem Augenblick diese Frage an sie richtet. In ihre Ohren drängt sich ein merkwürdiges Rauschen. Der Widerhall des Sturmes. Sie hat das Gefühl, in einer runden Schaukel gefangen zu sein. Sicher und geborgen, während alles um sie herum in Auflösung begriffen ist.

»Es ist seltsam, dass du das fragst. Ich habe meiner Mutter die gleiche Frage gestellt. Sie konnte sie nicht beantworten. Aber sie hat mir ein Buch gekauft. Und ich habe es natürlich gleich gelesen. Wenn am Tag deiner Geburt so etwas Ungewöhnliches passiert, dann möchtest du später, wenn du älter bist, alles darüber wissen.

Dass eine Sonnenfinsternis entsteht, wenn der Schatten des Mondes auf die Erde fällt. Das geht aber nur, wenn der Mond der Erde nahe ist. Ich finde es irre, dass der Mond mit 29,5 Tagen von Vollmond zu Vollmond die gleiche Zeit benötigt, wie die Sonne durchschnittlich für eine Drehung um ihre Achse braucht. Also spiegelt der Mond irgendwie nicht nur das Licht der Sonne, sondern auch ihre Eigenbewegung. Und: Obwohl die Sonne vierhundert Mal größer ist als der Mond, erscheinen beide von der Erde aus betrachtet gleichgroß. Das heißt, der Mond ist uns ebenso vierhundert Mal näher als die Sonne.

Aber warum fällt der Schatten des Mondes dann nicht jedes Mal bei Neumond auf die Erde?«

Emelie lacht, als hätte sie eine besondere Entdeckung gemacht. »Ganz einfach. Weil die Bahn des Mondes gegenüber der Erdbahn schief ist. Deshalb kann er auch oberhalb der Sonne stehen. Dann fällt sein Schatten nicht auf die Erde, sondern geht über die Erde weg. Da ist mir klargeworden, wie viele Dinge zusammenkommen müssen, damit eine Sonnenfinsternis entsteht. Es muss Neumond sein, und zu gleicher Zeit muss sich der Mond auf gleicher Höhe wie die Erde und die Sonne befinden. Also müssen am 11. August Erde, Mond und Sonne in einer Linie gestanden haben.«

Sie sieht auf die Wellenbewegungen des Meeres. Vom ersten Anblick ist ihr das Meer wie ein zweites Firmament erschienen. Sie wünscht sich, ihre Mutter könnte das auch sehen.

»Ich bin mir sicher«, fährt sie fort, »dass meine Eltern denken, die Finsternis ist daran schuld, dass sie ein Greisenkind haben. Aber dann müssten ja alle Kinder, die am 11. August genau um diese Zeit geboren wurden, Greisenkinder sein. Ich könnte ja einfach denken, ich bin etwas Besonderes, weil ich an einem besonderen Tag geboren bin. Das Problem ist, ich bin die

Einzige, die zu diesem Zeitpunkt an diesem Ort geboren wurde.«

Das Frühstücksbuffet steht verwaist. Die wenigen Passagiere sind überwiegend in ihren Kabinen geblieben. Selbst die Bordcrew ist bemüht, sich irgendwo festzuhalten.

Immer nach draußen schauen, hatte Fynn Emelie auf dem Weg durch die Gänge des Schiffes zum Restaurant gemahnt.

Das Rollen und Krängen der *Norröna* scheint ihm nicht das Geringste auszumachen. Nur der Druck seiner Hand über ihrer verändert sich mit den Bewegungen des Schiffes.

Er bringt sie zu einem der Tische an der Fensterfront. Die weißen Schleier der Gischt jagen über das zerfurchte Meer. Ein Trawler wird für Augenblicke sichtbar. Dann verschwindet er in einem Wellental.

»Das Buffet gehört uns«, grinst Fynn. Elegant stellt er das volle Tablett zwischen ihnen auf den Tisch. Zwei hochgewachsene Mädchen von den Servicekräften, breitwangig und die blonden Haare zu Zöpfen geflochten, starren zu ihnen herüber.

»Ob ich ihnen die Zunge rausstrecken soll?«, fragt Fynn. »Ich könnte auch meine Hose herunterlassen. Das würde sie garantiert auf andere Gedanken bringen.«

»Nicht!«, zischt Emelie. »Ich bin es gewohnt,

dass sie mich anstarren. Das war schon immer so. Du wirst es nicht ändern.«

»Doch. Werde ich.« Fynn steht auf. Breitbeinig und ohne zu schwanken geht er auf die Mädchen zu. Er redet mit ihnen. Es dauert nicht lange. Selbst aus der Entfernung kann Emelie sehen, wie ihre rötliche Gesichtsfarbe erblasst. Ihre blauen Augen beginnen zu lächeln. Sie verschwinden in der Küche.

»Was um alles in der Welt hast du ihnen erzählt?«

Fynn strahlt sie an. »Nicht so wichtig. Iss«, fordert er sie auf. »Wir sind den ganzen Tag auf See. Und vergiss nicht: Wenn dich jemand fragt: Du bist meine Schwester. Wir sind auf dem Weg zu deinen Eltern nach Reykjavík. Du hattest eine Behandlung in einer Spezialklinik in Hamburg. Du verträgst das Fliegen nicht. Deshalb reisen wir mit dem Schiff.«

»Ganz schön viel zu merken. Was macht man den ganzen Tag auf einem Schiff?«

Fynn bestreicht ein halbes Dutzend Brötchen mit Butter, Marmelade und Honig. »Na, essen. Schlafen. Lesen. Auf das Meer schauen und träumen. Wenn du mich fragst, ist das eine wirkliche Option für das Leben.«

»Jetzt also doch.«

»Nein.« Fynn schüttelt den Kopf. »Nichts hat sich geändert.«

»Fynn, hast du dich eigentlich jemals so rich-

158

tig verliebt? Ich meine, so mit Schmetterlingen im Bauch? Ich habe viel darüber gelesen«, beeilt sich Emelie hinzuzufügen.

Fynn schaut sie an. »Du willst Schmetterlinge im Bauch? Dann musst du dir Raupen in den Arsch stecken.« Erschrocken sieht er, dass Emelie den Kopf gesenkt hat. »Nein, jetzt mal im Ernst. Hab ich nicht. Wozu?«

Sie bleiben zwei Stunden im Restaurant. Manchmal kommt ein Passagier und grüßt, um Haltung bemüht, mit einem scheuen Kopfnicken. Die Mädchen tauchen nur noch einmal auf, um das Bufett wegzuräumen.

»Ich möchte nach draußen«, sagt Emelie.

»Bist du sicher?«

Der Sturm ist von Windstärke neun auf acht gefallen. Fynn hat Mühe, die Tür zum Zwischendeck zu öffnen. Sie zwängen sich nach draußen. Fynns Umklammerung um ihren Arm ist schmerzhaft. Mit einem Mal spürt sie das Streichholzdürre ihres Körpers. Der Wind drängt sich ihnen mit harten Stößen entgegen. Sie hat das Gefühl, jeden Augenblick über die Reling gehoben werden zu können. Im taumelnden Flug der Wolken zu verschwinden.

Was für ein wunderbares Gefühl, denkt sie. Ein merkwürdiges Rauschen liegt in der Luft. Der Rauch aus dem Schornstein der *Norröna* zerwirbelt zu Fetzen. Sie möchte etwas sagen, aber der Druck auf ihrem Gesicht nimmt ihr den Atem. Dicht an die Wand der Aufbauten gezwängt, schaffen sie es bis zur nächsten Tür. Ein Deck höher gelangen sie in die *Sky Bar*, eine Art Wintergarten auf Deck. Die Bar ist leer. Emelie verschwindet fast in einem der großen Sessel an der Glasfront. Der Sturm rüttelt an den Aufbauten. Sie sehen sich an.

»Auch stille Wasser sind nass. Ich muss mal.«

Emelie lacht. Sie zeigt auf die Tür neben der Bar.

Fynn ist gerade erst verschwunden, als sich ein Mann ihr gegenübersetzt. Er beginnt, hektisch zu rauchen, während er sie anstarrt. Dann legt er die Zigarette in den Ascher. Sein Mund öffnet sich wieder. Er versucht, in einer fremden Sprache auf sie einzureden.

Sie steht auf und setzt sich mit dem Rücken zu ihm in die nächste Sitzgruppe.

Fynn kehrt zurück.

»Die Zugluft«, sagt sie.

Fynn nickt. »Ich kam, sah und vergaß, was ich vorhatte.« Er zog die Stirn in Falten. Als hätte er lange über etwas nachgedacht, beginnt er: »Warum hast du mir das letzte Nacht erzählt? Das mit der Sonnenfinsternis.«

»Du hast wirklich gehört, was ich gesagt habe? Also, die Sonnenfinsternis … Na ja, wenn dir so was passiert wie mir, dann suchst du immer nach Erklärungen. Das kann doch kein Zufall sein, sagst du dir. Aber es bringt dich nicht weiter.«

»Mein Vater hat mal gesagt, man muss sein Schicksal akzeptieren. Da war meine Mutter gerade tot. Und kein halbes Jahr später hat er sich umgebracht.«

»Dann hat er das Schicksal wohl nicht akzeptiert. Aber geändert hat es auch nichts.«

»Und du?«, fragt Fynn.

»Ich suche noch. Nach dem Sinn. Nach jemandem, der mir sagen kann warum. Warum ich nur sechzehn Jahre leben darf, und andere hundert. Warum die Zeit für mich so rast, während sie für andere im ruhigen Takt schlägt.«

Ihre Art, sich auszudrücken. Ihr Verstand. Warum ist das alles so anders als ihr Aussehen? Der Gedanke lässt sie verstummen.

Das ist immer so, wenn sie ihre Worte mit den Lippen, von denen sie kommen, in Beziehung zu setzen versucht. Wenn sie auf einmal ihre eigene Stimme im Ohr hat. Wer ist das, der in mir spricht? Wenn sie sich zu fragen beginnt: Wozu?

»Warum sagst du nichts mehr? Ich höre dir gern zu.«

Sie sieht Fynn wie unter einem Schleier. Die verdammten Tränen.

»Ich denke nicht, dass ich dir deine Fragen beantworten kann. Aber du könntest dich fragen, warum ich gerade mit dir auf diesem Schiff bin.

Auf dieser Reise. Jeder dieser Augenblicke macht Sinn, Emelie. Montaigne hat mal gesagt, wenn du einen Tag gelebt hast, hast du alles gesehen. Lass uns diesen Tag noch finden, Emelie!«

»Aha. Die Philosophiestunden mit deinem Onkel. Vielleicht hast du ja nur Angst, alleine zu sterben.«

Fynn lacht. »Man kann von mir ja wirklich sagen, dass ich mit dem Tod aufgewachsen bin. Da gibt es nichts, was mir fremd wäre.«

»Doch. Eine Kleinigkeit hast du vergessen: Woher willst du wissen, wie es ist, wenn man stirbt? Woher willst du wissen, was danach kommt? Du weißt es nicht.«

»Weil es mir egal ist. Mein Onkel hat immer gesagt: Am Tod erschreckt uns nicht der Verlust der Zukunft, sondern der Verlust der Vergangenheit. Immer, wenn du etwas vergisst, müsstest du eigentlich wissen, dass der Tod stets schon da ist.«

Lange Zeit sagt niemand etwas. Die Bewegungen des Schiffes scheinen ruhiger zu werden.

Fynn grinst sie an. Als hätte er nicht eben noch über den Tod, sondern über etwas ganz anderes gesprochen.

»Wie wäre es mit einem *Hot Pot?*«

Emelie blickt ihn verständnislos an. »Wenn du mir bitte erklärst, was das ist?«

»Das sind runde Wannen mit heißem Wasser. Nur die Treppe runter. Ein Deck tiefer. Du sitzt im Wasser und schaust auf das Meer. Das solltest du dir nicht entgehen lassen.«

»Hast du mir deswegen gesagt, dass ich Schwimmsachen einpacken sollte?«

»Nein. Die Idee hatte ich gestern. Auf meinem Rundgang durch das Schiff. Da hast du geschlafen.«

Kaum eine Stunde später sitzen sie in einem der *Hot Tubs*, die auf Deck sieben unter einem Dachvorsprung in den Boden eingelassen sind. Fynn musste warten, bis Emelie in ein Handtuch gehüllt nach draußen gegangen war. Ihr Vogelgesicht ragt gerade so eben aus dem heißen Wasser. Eine blau gemusterte Badekappe bedeckt ihren Kopf. Dennoch fühlt sie sich entsetzlich nackt. Sie schaut ihren Körper niemals unbekleidet an. Es ist der Körper einer sehr alten Frau. Entsetzlich gebrechlich. Dürr und voller Altersflecken über den deutlich sichtbaren Venen und Adern. Schlaff und pergamenten hängt die Haut über den hervorstehenden Knochen. Wer, denkt sie, wer bin ich?

Sie trägt einen Kinderbadeanzug, der ihr viel zu groß ist. Das warme Wasser setzt ihrem Kreislauf zu. Fynn sitzt neben ihr auf der rundum eingelassenen Bank. Sie schauen beide auf das Meer. Im Wellengang schwappt das Wasser über den Beckenrand. Emelie hat das Gefühl zu schweben.

»Gefällt es dir?«

»Ja. Sehr.« Sie versucht angestrengt, nicht an ihren Körper zu denken. »Es ist nur ...«

»Nur was?«

»Ich denke die ganze Zeit, es könnte jemand kommen. Und du ..., dass du mich so siehst.«

Fynn lacht. »Schau dir meine Hühnerbrust an. Diese dünnen Arme. Meine hässlichen Füße.« Er sieht weiter auf das Meer. »Es ist nur ein Körper, Emelie. Ich kenne niemanden, der so klug ist wie du.«

Sie errötet wieder. Fynn sieht ja aufs Meer.

»Trotzdem. Du weißt nicht, wie das ist, dieses Gefühl, sich immer verstecken zu müssen. Und wenn du es nicht tust, alle Blicke auf dich zu ziehen. Ich weiß nicht, was schlimmer ist: die Blicke oder die Sprüche. Und zu wissen, dass dein Körper nicht funktioniert. Oder dass er nur mit diesen Scheiß-Medikamenten in Funktion gehalten wird.«

»Ich glaube, dass wir uns unbewusst immer mit anderen vergleichen. Das passiert einfach«, wirft Fynn ein.

»Sicher. All das, was wir jetzt tun, habe ich nie tun können.«

»Und jetzt siehst du, dass du es immer hättest tun können. Du musst nur die Blicke und das Getuschel aushalten. Dich auf das konzentrieren, was du wirklich siehst.«

»Was meinst du damit?«

Fynn verschränkt die Arme vor der Brust und

lässt sich ins Wasser gleiten. Sie sieht sein Gesicht unter Wasser. Mit offenen Augen blickt er in den Himmel. Nach Luft ringend taucht er wieder auf. »Na, du musst einfach nur den Blick von außen nach innen wenden. Die Welt ist schön, Emelie. Oder anders ausgedrückt: Zum Erwachsenwerden haben wir die zwei Sekunden vor unserem Tod. Solange sollten wir Kinder bleiben. Unsere Träume leben.«

»Und du? Magst du mich denn überhaupt? Oder hast du mich aus Mitleid mitgenommen?«

»Ach, Emelie.«

In seiner Antwort liegt etwas, das sie nicht benennen kann. Sie weint. Dann spricht sie weiter: »Du glaubst nicht, wie sich das anfühlt. Selbst die Blicke deiner eigenen Mutter. Wenn sie mich ansieht, frage ich mich, ob sie sich nur verstellt. Ich stelle mir vor, welchen Ekel sie empfinden muss. Ich stelle mir vor, wie viel Mitleid sie hat. Verachtet sie dich? Ist ihr Gesicht nicht nur aufgesetzt? Sind das überhaupt deine Eltern? Ich fange wirklich an, meinen Vater zu verstehen. Weißt du, Fynn, ich habe nie gelernt, jemandem zu vertrauen. Vielleicht ist unsere Welt so gemacht, dass nur das Äußere zählt. Wenn du einmal diesen ersten Eindruck hast, dann zählt das andere nicht mehr. Du kannst es nicht mehr unterscheiden. Du kannst das erste Bild nicht einfach beiseiteschieben.«

»Mag sein. Es gibt aber sicher auch viele

Menschen, bei denen das nicht so ist. Du bist ihnen nur noch nicht begegnet. Oder vielleicht gerade erst«, fügt er mit einem Grinsen hinzu.

Das Meer liegt verlassen im Vormittagslicht. Zwischen Wolken und Sonne tupft der Himmel blasse Schattengitter auf die Wasseroberfläche. Ströme aus Silber werden sichtbar und verschwinden wieder. Was Emelie denkt, wagt sie nicht auszusprechen. Als fürchte sie, Fynn würde sie dann nicht mehr trösten. Zwei Leben, denkt sie. Eigentlich habe ich zwei Leben. Ihr fällt all das ein, was sie über die Zeit gelesen hat. Das Abenteuer ihrer Reise. Auf einmal muss sie so sehr lächeln, dass sie sich schämt. Sie hält sich die Nase zu und taucht ihren Kopf unter Wasser. Ihr Herz schlägt, als würde es jeden Augenblick ihren Brustkorb sprengen.

Fynn muss sie aus dem *Hot Pot* tragen.

Den Rest des Tages verbringt sie in ihrer Kabine. Sie liegt auf dem schmalen Bett und hofft, dass es nicht schlimmer wird. Versucht sie aufzustehen, wird ihr sofort schwindlig. Fynn schaut regelmäßig nach ihr.

Am Nachmittag lässt der hohe Seegang fast gänzlich nach.

»Fynn?«

»Ja?«

»Deine Geschichte. Erzähl weiter. Bitte.«

Emelie legt ihr Ohr auf Fynns Brust. Sie hört sein Herz schlagen.

10.

Fynns Geschichte

DU ERINNERST DICH? Mein Vater und seine Bestattungspläne …

Wir legten ab. Die Frau stand noch immer am Pier und sah dem Schiff nach. Wir fuhren eine Stunde in das graue Morgenlicht. Eine Stunde in nordwestlicher Richtung. So hatte es mein Vater bestimmt. Ein taumelnder Flug über den Wellen. Als wäre das alles gar nicht wahr.

Zoe musste kotzen. Onkel Ole legte mir den Arm auf die Schulter und zitierte irgendetwas von Joseph Conrad und dem melancholischen Ennui des Meeres. Für ihn war ich immer noch fünf. So alt war ich, als wir uns das letzte Mal gesehen hatten. Trotzdem war ich ihm dankbar, dass er hier war.

Der Kutter stoppte. Irgendwo in grauer Unendlichkeit. Nirgends war Land zu sehen. Joseph Conrad hatte recht.

Wir stemmten uns gegen das träge Krängen der Wellen. Onkel Ole drückte mir die Urne mit der Asche meines Vaters in die Hände. Einer der Fischer sagte etwas, von dem der Wind und das Ächzen der Schiffsaufbauten die Hälfte verschluckten. Ich glaube, es war ein Gedicht von Rilke oder so etwas. Rilke machte sich gut auf Beerdigungen.

Wenn die Leute fragten, sagte mein Vater: Rilke.

Der Fischer nickte mir zu. Onkel Ole schob mich an die Reling. Dann merkte er, dass der Wind aus der falschen Richtung kam. Er drängte mich weiter zum Heck. Ich schraubte den Behälter vorsichtig auf. Ohne mein Zutun flog die Asche nordwärts. Als hätte mein Vater es eilig, die Sache endlich hinter sich zu bringen. Die Ascheteilchen schimmerten in der bleigrauen Luft und legten sich dann auf die vom Regen lasierten Wellen.

Das war alles. Und nichts davon erschien mir wahr. An die Rückfahrt und an das, was danach kam, erinnerte ich mich nicht mehr.

Aber ich erinnere mich an einen der wenigen Menschen, zu denen mein Vater etwas mehr Kontakt gehabt hatte: ein Automechaniker namens Matti.

Er lebte im Nachbarort meines Heimatortes. Dort hatte mein Vater auch den Ford Granada MK2 Welsch unterstellen lassen. Zwei Jahre nach meiner Geburt war nämlich die Neuanschaffung eines moderneren und sparsameren Modells notwendig geworden. Die anfallenden Gebühren hatte mein Vater für zwanzig Jahre im Voraus bezahlt. Ich wusste nicht, was er mit dem Wagen noch vorhatte. Vielleicht war er auch nur einer sentimentalen Laune gefolgt. Jedenfalls war dieser Wagen das einzige Erinnerungsstück, was mir aus dem Besitz meiner Eltern noch geblieben war.

Von dem Geldbetrag meines Vaters ließ ich den Wagen fahrbereit herrichten. Von da an wartete ich. Es war ein gutes Gefühl. Zu wissen, dass ich jederzeit hätte aufbrechen können.

Ich war jetzt seit ein paar Tagen in einem Projekt für junge Straftäter. Wie ich in ein Gefängnis gekommen bin?

Das erzähle ich später ...

In Singen sollten wir ein heruntergekommenes Camp der US-Army, das Camp Freedom, wieder so herrichten, dass es einmal als Ferienlager für behinderte Kinder dienen konnte. Die massiven Holzbaracken und die heruntergekommenen Sanitärgebäude erinnerten mich eher an die Bilder von Unterkünften in Konzentrationslagern.

Auch unsere Aufpasser hatten etwas von dem, was wohl jede Machtposition in Menschen wachruft. So einen schneidenden Befehlston und den gewissen Schäferhundblick. Es freute sie, wenn wir schufteten, schwitzten, fluchten. Jeden Morgen brachte uns der Knastbus zu den leerstehenden Gebäuden oberhalb irgendeines württembergischen Kaffs. Wir richteten neue Dächer her. Rissen Fußböden raus. Zogen neue Wände hoch. Fliesten Sanitärräume.

Andere säuberten das Gelände. Fällten Bäu-

169

me. Restaurierten die überwucherten Baseball- und Basketballfelder. Errichteten einen neuen Kletterparcours im Wald. Irgendwelche örtlichen Firmen machten die Grundarbeiten und ließen uns dann schuften.

Die Handwerker lachten sich halb kaputt, wenn wir was falsch machten.

Die Vorstellung, dass dieser Fleck Erde mal voll ausgelassen spielender Kinder gewesen sein soll und es bald wieder sein würde, fiel mir schwer. Es fiel mir immer schwer, mir Orte anders vorzustellen als so, wie ich sie gerade erlebte. Ich hatte genug damit zu tun, mich in der Wirklichkeit oder dem, was ich für Wirklichkeit hielt, zurechtzufinden.

Während wir Stunde um Stunde Pflastersteine, Zementsäcke und Holz von den Lastwagen abluden und zu den im Gelände verstreuten Baracken brachten, tat ich nichts anderes als das, was gerade von mir verlangt wurde. Was vorbei war, war vorbei. An eine Zukunft glaubte ich nicht. Trotzdem lebte ich gegen die Gegenwart, die es nur als Moment in der Zukunft gibt, und in der Vergangenheit.

Am Abend hockte ich wieder allein in meiner Zelle. Von meiner Pritsche aus starrte ich die Decke an. Niemand verlangte irgendetwas von mir. Das Vergangene war nicht länger das Gegenwärtige. Es war vielleicht das Zukünftige. Aber Zukunft war für mich keine Option. Wem schadete es also schon, wenn ich mir in meinen Träumen eine gelungene Version der Vergangenheit ausmalte.

»Hey, Fynn, wie ist denn so ein Typ wie du in dieses Loch geraten?«, fragte mich Ed am ersten Tag im Gefängnis. Ed war mein Zellennachbar. Er nannte sich Ed. Ed nach irgendeinem amerikanischen Sänger. Ich glaube, in Wirklichkeit hieß Ed Dieter. Er hatte ein Säuglingsgesicht, das ständig die Farben wechselte. Seine Gliedmaßen bewegte er, als gehörten sie nicht zu ihm. Als seien sie ihm nur zufällig an den Körper gehaftet. Seine ganze riesige Statur erinnerte mich an ein Zirkustier, das sich verlaufen hatte.

Ich überlegte eine Weile. Nach einigem Zögern erzählte ich ihm meine ganze Lebensgeschichte. Ich ließ nichts aus. Die Geburt im Leichenwagen. Onkel Ole. Der Mord an meiner Mutter. Die Entführung meiner Schwester. Wie mein Vater sich vom Leben in den Tod brachte … Die Seebestattung. Die Versuche, in der Schule Fuß zu fassen. Der Rauswurf. Die unzähligen Jobs.

Ed überlegte auch eine Weile. Seine kleinen listigen Augen hefteten sich auf mich. »Du kleiner Scheißer, du.« Wieder überlegte er. »Das meine ich nicht«, sagte er, als hätte er gerade die normalste Geschichte von der Welt gehört. »Ich meine, warum du in den Bau gewandert bist. Niemand kommt in den Bau, nur weil er ein

Scheißleben hatte. Das haben wir doch alle, nicht nur du.«

»Mein Leben war nicht scheiße«, warf ich ein. »Es ist vielleicht nur von einem bestimmten Punkt an anders gelaufen, als ich es mir vorgestellt hatte.«

Ed fing dröhnend an zu lachen. Sein fülliger Körper geriet dabei in eine gefährlich aussehende Bewegung. »Schon gut. Meine Eltern hatten sich mein Leben auch ganz anders gedacht. Das Leben ist wie ein Eimer Scheiße, den du immer bei dir trägst und der zum Ende deines Lebens immer voller wird.«

»Und du?«, fragte ich ihn.

»Lenk nicht ab, kleiner Scheißer. Sag mir endlich, wieso du hier bist?«

Ich musste schlucken. Die Wahrheit konnte ich ihm kaum erzählen. »Wegen was, das ich nicht getan habe, aber über das ich gesagt habe, dass ich es getan habe, was aber eigentlich ein anderer getan hat, der wollte, dass ich zugebe, getan zu haben, was eben er getan hatte.«

»Aha.« Ed überlegte. »Du musst mich nicht verscheißern.«

»Schon gut.« Ich setzte mich auf. »Schon gut«, sagte ich. Ich richtete den Blick starr auf die Wand gegenüber. »Wegen *arctica islandica*. Das ist eine Muschel. Alles wegen einer Muschel.«

»Einer Muschel? Einer Muschi, das würde ich

ja noch verstehen. Aber wegen einer Muschel?
Du hast sie ja nicht alle.«

»Kann schon sein. Es gab da diese Meldung in
der Zeitung. Warte, ich hab sie hier. Ich trag sie
nämlich immer bei mir.« Ich griff unter mein
Kopfkissen. Die abgewetzte Kladde, in die ich
alles notierte, hatte hinten ein Einschubfach. Ich
faltete den Zeitungsartikel auseinander. »Okay.
Das ist es.« Ich las vor.

Eine Islandmuschel ist das älteste Tier der Welt

*507 Jahre alt ist die Muschel, die Biologen im
Nordmeer fanden. Die Islandmuschel kommt auch in
Nord- und Ostsee vor, wird aber häufig von schweren
Schleppnetzen zerknackt. So schwindet ihr Bestand.*

*Britische Meeresbiologen haben bei Klimafor-
schungen im Nordmeer das vermutlich älteste Tier
der Welt entdeckt: eine 507 Jahre alte Islandmuschel.
Wie die Schutzstation Wattenmeer in Husum mitteil-
te, können nur Schwämme und andere Lebewesen, die
sich durch Teilung verjüngen, länger leben. Bereits
vor sechs Jahren hatten Forscher eine gut 400 Jahre
alte Islandmuschel entdeckt. Sie galt bisher als ältestes
Tier.*

*Bei der Islandmuschel ermöglichen es die Wachs-
tumsringe der Kalkschale – ähnlich wie bei einem
Baumstamm – das Alter des Tieres zu zählen. Die
Breite der Jahresringe gibt den Wissenschaftlern zufolge sogar Auskunft darüber, wie gut es dem Tier in*

jedem Jahr ging. Anhand der vom Meeresgrund auf-
gefischten Schalen toter Islandmuscheln sei es gelun-
gen, ein »Wohlfühl-Protokoll« der Islandmuscheln zu
rekonstruieren, das 1300 Jahre in die Vergangenheit
reicht, berichtet die Schutzstation Wattenmeer. Das
ermögliche Einblicke in das Meeresklima im Nord-
meer, wo die Wechselwirkung von Golfstrom und
Grönlandstrom seit Jahrhunderten auch das Klima in
Mitteleuropa beeinflusst. Die Islandmuschel kommt
den Angaben zufolge auch in Deutschland an Nord-
und Ostsee vor. Wegen ihrer stabilen, porzellanarti-
gen Schale ist sie etwa ein beliebter Strandfund bei
Urlaubern.

Niederländische Wissenschaftler ermittelten einen
Zusammenhang zwischen der Zahl der Schleppnetz-
kutter in einem Gebiet und der Zahl zerbrochener
Islandmuscheln. Elf Prozent von ihnen würden pro
Jahr in Schleppnetzen sterben. Den Experten zufolge
könnte schon im Jahr 2018 die letzte Islandmuschel
zerbrochen sein. Einzige Abhilfe seien Meeresschutz-
gebiete, die für Schleppnetzkutter gesperrt sind.

Ich ließ den Zeitungsausschnitt sinken.

»Ich weiß noch, wie ich das zum ersten Mal
gelesen habe. Ich war total aufgeregt. Ich wollte
nur noch eins: irgendwie ganz schnell nach Island und diese Muschel finden.«

»Wie kommt man denn auf so eine dämliche
Idee? Ich meine, du hast die Schule abgebro-
chen.«

174

Ich sah ihn verächtlich an. »Schule? Was hat denn die Schule damit zu tun? Alles, was ich gelernt habe, hab ich von Onkel Ole. Und meinen Eltern. Und ich hab immer gelesen. Genau die gleichen Sachen wie mein Vater. Flaubert. Dickens. Tolstoi. Onkel Ole sagte mir mal so was wie, dass jedes Leben auch ein Stück Literatur sei. Damals habe ich nur gedacht: Der spinnt ja. Doch wenn jemand über Bücher spricht, die er gelesen hat, dann erfährst du oft mehr über ihn, als wenn jemand dich mit biografischen Lebensdaten langweilt. Du musst es nur richtig übersetzen.« Ich seufzte. »Jedenfalls hatte ich kein Geld für diese Reise. Um eine Bank zu überfallen, dafür bin ich viel zu ungeschickt. Und dann hat mein Onkel Ole mir angeboten, für ihn in den Knast zu gehen. Für mehr Geld, als ich eigentlich brauchte. War nichts Schlimmes. Das ist alles.«

Noch immer starrte ich auf das Oberlicht. Inzwischen war es fast dunkel geworden. Ich setzte mich wieder auf das Bett. Die gespenstische Stille in der Zelle fing an, in meinem Kopf widerzuhallen. Mein Nacken schmerzte. Ich blickte auf die vollgeschriebenen Seiten auf meinen Knien. Kein Wort mehr von Ed. Ed war nur erfunden.

Mir fiel es leichter zu schreiben, wenn ich das Gefühl hatte, da war jemand, der mir zuhörte. Wenn ich wollte, dass mir jemand zuhörte, dann erfand ich einfach jemanden. Der einfach da war, Fragen stellte und manchmal nickte.

Mein Vater war der einzig reale Mensch, der das je getan hat. Aber mein Vater war tot.

Die Einzelzelle hatte ich einem glücklichen Zufall zu verdanken. Ich war kaum zwei Wochen in der Jugendstrafanstalt in Singen, als ich an Scharlach erkrankte. Erst glaubte man mir nicht. Schließlich war das eigentlich eine Kinderkrankheit. Aber nach der Inkubationszeit von zwei bis acht Tagen brach die Krankheit bei mir voll aus.

Man isolierte mich. Nachdem ich nach drei bis vier Wochen erneut erkrankte, vermutlich durch die Penizillingabe, wurden die Ärzte skeptisch. Es gelang mir, die Krankheitssymptome zu strecken. Ich genoss die Zeit der Isolation.

Erst seit einigen Tagen nahm ich wieder am Alltag teil. Bei mir hieß das »Jugendstrafvollzug in freien Formen«. Zu meiner Überraschung blieb meine Zelle jedoch weiter leer.

Um 6:45 Uhr wurden wir morgens geweckt. Um 7:30 Uhr war Arbeitsbeginn. Das hieß, wir fuhren dann erst einmal in das Camp. Um 11:20 Uhr gab es Mittagessen. Für uns draußen war das nur improvisiert. Um 15:15 Uhr, wenn wir zurück waren, war Arbeiterfreistunde. Um 17 Uhr gab es Abendbrot. Dann folgte der Zelleneinschluss bis zum Morgen. Das war die Zeit, nach der ich mich am meisten sehnte.

Außerdem gab es Hofgang und Trainingsräume. Ich dachte nicht darüber nach, warum ich hier saß. Oft wachte ich schon lange vor dem Wecken auf. Ich lag mit dem Kopf zur rückseitigen Zellenwand. Mir war, als würde jemand an der Tür stehen. Jemand wartete an der Tür und sah mich an. Nur ganz allmählich löste sich das Bild auf. Es wurde Tag.

Die Wange an Fynns erst noch in nervöser Hast, dann in immer ruhigerem Takt schlagendem Herzen gelehnt, schläft Emelie ein.

Früh am Morgen, es ist fast noch Nacht, bittet sie ihn: »Fynn, bitte Fynn, erzähl weiter.«

Erst noch bleibt es still. Dann beginnt sich sein Herzschlag in eine leise Stimme zu verwandeln …

11.

Fynns Flucht

MANCHMAL DACHTE ICH, es war egal, ob es Tag oder Nacht war. Ich hörte, wie die Zellentür entriegelt wurde. Die üblichen Ansagen hallten über den Korridor. Ich begriff, dass alles wieder von vorne losging.

Es hatte nie aufgehört. Es war nur die Nacht, die dir das für ein paar Stunden vorspiegelte.

Ich quälte mich in meine Anstaltskleidung und musste an die Frau an jenem Morgen am See denken. Die Art, wie sie ihre Kleidung abgelegt hatte. Vielleicht wusste sie, dass sie nie wieder etwas anziehen würde. Vielleicht hatte sie auch an etwas ganz anderes gedacht. Vielleicht hatte sie gar nichts mehr gedacht.

Ich wünschte mir oft, meine Gedanken einfach abstellen zu können. Solange meine Mutter noch da war, konnte ich das. Es war, als würde sie für mich denken.

Der Gefängnisbus verließ den Hof. Ich sah, wie die elektrischen Tore sich schlossen, angeschienen von den orange flackernden Warnleuchten.

Meine Mitgefangenen schwiegen. In einem anderen Leben würden sie nicht in diesem Bus sitzen.

Erschöpft lehnte ich meinen Kopf an das kalte

Glas. Ich stellte mir vor, ich würde in einem normalen Linienbus sein. Wie alle anderen würde ich zur Schule oder zur Arbeit fahren. Wie alle anderen würde mich die Vorstellung von einem Tag, der wie eine endlos lange Reihe von anderen Tagen überstanden werden wollte, verstummen lassen.

Der Bus fuhr durch das Gewerbegebiet. Er erreichte den Zubringer zur Autobahn. Ich schloss die Augen.

Meine Tante hatte mir nach dem Tod meines Vaters einen langen Brief auf Englisch geschrieben. Ich wusste noch, wie ich morgens im Bus zur Schule saß. Ich versuchte, den Brief zu lesen. Die Buchstaben ergaben keinen Sinn. Sie verschwammen mir vor den Augen. Ich brauchte mein kleines Wörterbuch aus dem Englischunterricht. Ich brauchte lange, um den Sinn zu verstehen.

Die Handschrift war seltsam geschwungen, fast gezeichnet. Sie erinnerte mich an Handschriften aus vergangenen Jahrhunderten, wie ich sie in Schulbüchern oder Museen gesehen hatte.

Meine Tante beschrieb über Seiten hinweg die Landschaft an der Nordküste Islands. Dort waren sie und meine Mutter aufgewachsen. Der Brief erschien mir wie ein langes Gedicht. Er begann mit dem Grün einer Morgendämmerung über dem Pistilfjördur. Einem weiten Fjord, von dem aus das Nordmeer wie das Tor zur Ewigkeit aussieht. In Raufarhöfn, dem nördlichsten Ort der Insel, waren die beiden aufgewachsen. Raufarhöfn lag direkt am Meer. Auf der einen Seite der glänzende Spiegel des Nordmeeres. Auf der anderen Seite die Ebene von Melrakkasletta mit ihren verlassenen Höfen, zwischen denen im Sommer Tausende Vögel brüten. Alles schien hier der Welt entrückt. Nirgendwo waren die Tage im Winter kürzer. In den Sommern waren die Tage nirgends länger als in Raufarhöfn.

Die Nordlichter wachten wie Fingerzeige über die eisummantelte Landschaft. Es war, als hätte der Himmel Fieber. Jenseits der irrlichternden Farben war alles silbern und dunkel. Im Sommer konnte man in der Mitternachtssonne spazieren gehen. Und an den Stränden fand man Treibholz wie sonst keines auf der Welt. Seltsam flüsterndes Holz. Rot schimmernde Äste, von denen niemand weiß, woher sie kamen.

Früher war Raufarhöfn ein lebendiger Heringsfischerort. Inzwischen lagen nur noch wenige Boote im stillen Hafen.

Einmal, versuchte meine Tante mich zu erinnern, war ich mit ihr und meiner Mutter den zwei Kilometer langen Weg von ihrem Haus zur Landzunge Höfdi gelaufen. Vorbei an der Kirche, in der meine Eltern fast geheiratet hätten und in der es laut meiner Tante in den Wintermonaten spukte. Von Höfdi aus sah man, dem Meer zugewandt, wie auf die Unendlichkeit. Alles war vom Wind durchleuchtet. Alles war augenblicklich wie in den Himmel versetzt. Ich glaube, manchmal tauchten die dort in den Klippen nistenden Vögel in meinen Träumen auf. Manchmal auch die azurne Linie des Horizonts, die das Meer wie eine Muschelschale umfangen hielt.

In Grunde war alles in diesem Brief Landschaft. Ganz nah und weit weg zugleich. Meine Tante beschrieb, wie sie einmal mit meiner Mutter in die Winternacht hinausgelaufen war, um Polarlichter zu fangen. Sie schilderte den Weg nach Hraunhafnartangi, dem nördlichsten Fleck auf Island. Von dort aus waren es nur noch drei Kilometer bis zum Polarkreis.

Früher lag an dieser Stelle ein im Mittelalter sehr bekannter Hafen. Jetzt war hier nur noch wellenumrauschte Einsamkeit.

Der Leuchtturm von Rif hob sie wie ein Ausrufezeichen hervor.

Ich brauchte eine Weile, um zu verstehen, dass es sich mit jeder Zeile um eine Einladung handelte. Der Brief hatte mich zwei Wochen nach der Beerdigung meines Vaters erreicht. Meine Tante lud mich auf diese Weise ein, zu ihr und ihrer Familie nach Island zu kommen.

Ich antwortete nicht. Auch nicht, als ein zweiter und ein dritter Brief kamen. Ich blieb, wo ich war. Erfüllt von einem trotzigen Stolz, keine

Familie mehr zu haben. Das war etwas, das mich von meinen Mitschülern unterschied.

Eine Woche, nachdem ich die Asche meines Vaters über dem Meer verstreut hatte, ging ich weiter zur Schule. Als sei nichts geschehen. Nur das Gefühl, dass die vierundzwanzig Stunden, die ein Tag auf der Erde umfasste, zu viel waren zwischen mir und dem, was aus mir hätte werden können, trat immer deutlicher in mir hervor.

Aus Mitleid versetzte man mich in die sechste Klasse. Bei den meisten Lehrern reichte die Erinnerung noch so weit zurück, dass man mich ein Jahr später gnadenhalber in die siebte Jahrgangsstufe mitnahm. Ich erinnere mich nur an lange, im Bett verbrachte Tage. An Medikamente, die man mir gab und die mich noch müder machten.

Im Unterricht sprach ich keinen Satz. Dafür schrieb ich lange Aufsätze. Ich schrieb immer mehr, als von mir verlangt wurde. Das rettete mich in die achte und schließlich in die neunte Klasse. Keine Aufgabe stellte mich wirklich vor Schwierigkeiten.

In den Fragebögen der Schulpsychologin antwortete ich in den dafür vorgesehenen, viel zu knappen Feldern. Meine Mitschüler ließen mich in Ruhe.

Das Leben ging einfach weiter. Ich erinnerte mich nicht mehr an die Dinge. Anlässe und Begegnungen zogen an mir vorüber und verschwanden in der Vergangenheit. Manches davon hätte ich gerne in Erinnerung behalten. Mein Herz hing an nichts.

Schon als kleiner Junge begriff ich, dass wir immer Abschied nehmen müssen. Vom Tag unserer Geburt an. Dabei dachte doch jeder von Anfang an an das Leben als Zukunft.

Und dann trennten wir uns. Von Kindheit, Jugend, Elternhaus, Schule, von der Stadt, in der wir aufgewachsen waren. Menschen traten in unser Leben und gingen wieder. Wir verloren unseren Besitz. Unsere gesellschaftliche Position. Unsere Gesundheit. Unseren Glauben.

Man konnte den Verstand verlieren. Wir können unsere Hoffnungen, Träume und Illusionen verlieren. Doch zuerst verlieren wir unsere Unschuld. Schließlich das Leben, wenn wir sterben. Das alles begriff ich als Kind nur dunkel, obwohl es genau das war, was Onkel Ole mir mit seinen endlosen Tiraden in meinem Laufstall vorgetragen haben muss.

Überall kündigte sich ein Ende an. Doch wir nahmen es kaum wahr. Das Leben ging einfach weiter. Auch wenn alle anderen aus deinem Leben gekegelt wurden. Es ging einfach immer weiter.

Ich sprach mit niemandem mehr. Ich hatte Angst, dass sie gehen könnten, wenn ich mich gerade mit ihnen verbunden fühlte. Das hatte die Psychologin meinen Lehrern gesagt.

Einmal hatte ich ihr von meinem Lieblings-
werbespot erzählt. Es war der Werbespot einer
Kaffeefirma. Eine Frau und ein Mann saßen zusammen vor einem Fenster. Sie tranken Kaffee.
Der Mann fragte die Frau, was das wäre, was sie
sich wünschen würde, wenn sie sich in diesem
Augenblick etwas wünschen dürfe.

»Dass alles so bleibt, wie es ist«, sagte die
Frau und nahm einen Schluck von ihrem Kaffee.

Aber es bleibt niemals so, wie es ist.

Ich erinnere mich, wie der Bus weiter in den
Morgen fuhr. Hügelkämme schälten sich aus
dem Licht. Die Umrisse von Dörfern tauchten
auf und verschwanden wieder. Der Busfahrer
und ich waren in diesem Moment die Einzigen,
die ihre Augen geöffnet hatten.

Ich konnte es nicht anders sagen: Sie hatten sich
alle Mühe mit mir gegeben. Doch irgendwann
mussten sie sich eingestehen, dass alle Maßnah-
men an mir verschwendet waren.

Nach dem zehnten Schuljahr verließ ich die
Schule mit einem Hauptschulabschluss. Meine
Betreuerin vom Jugendamt sorgte dafür, dass ich
eine Lehre bei einer Großbäckerei begann.

Ich hielt es dort keine drei Monate aus. Der
Oberbäcker, wie ihn dort alle nur nannten, hatte
mich vor der versammelten Belegschaft mit aus-
gewählten Flüchen niedergemacht.

Am nächsten Morgen, kurz bevor alle zur Schicht antraten, pinkelte ich in einen riesigen Bottich mit Teig. Ich ließ es mir nicht nehmen, bei der Herstellung noch mitzuwirken. Danach ging ich.

Naturgemäß fiel es mir nicht schwer, die Arbeit hinzuschmeißen. Es machte mir keinen Kummer mehr, etwas zurückzulassen. Ich fügte mich in das Unvermeidliche. Den ewigen Kreislauf von Anfang und Ende.

Meine Betreuerin kam auf die Idee, dass mir ein Ortswechsel guttäte. Da ich keine sozialen Bindungen hatte, stimmte man zu, mich eine Lehre in der Metallwerkstatt eines Möbelherstellers im Rheinland machen zu lassen. Der Betrieb unterhielt auf dem Firmengelände eigene kleine Zimmer für die Auszubildenden. Wenn ich am Abend stumm vor Erschöpfung am Fenster meines Zimmers saß, blickte ich über eine Industrielandschaft. Sie hat in meinem Gedächtnis alles wegradiert, was zuvor noch entfernt an den Ort erinnert hätte, in dem ich aufgewachsen bin.

Nachts sah man die Lichtfunken der Autos. Sie verwandelten die Straßen in glimmende Galaxien, wo tags nur blassgraue Leere war.

Manchmal zogen Möwenschwärme stumm über den Himmel.

Je länger ich von zu Hause fort war, desto mehr verklärte sich das Bild des Ortes, in dem ich aufgewachsen war. In meiner Erinnerung wurde alles schöner, bunter und größer. Die Straßen. Die Plätze. Die Häuser. Der See hinter dem Wald. Die Gärten, in denen ich spielte. Der Platz in der Stadtmitte, wo die Bauern aus dem Hinterland zweimal in der Woche ihre Waren anboten. Kein Wochenmarkt war so bunt und lebendig wie der zu Hause. Kein Park so schattig und verträumt. Kein Flusswasser so tief und kühl.

Wenn ich zurückkehren würde, wäre ich vielleicht enttäuscht.

Einmal hatte ich meine Mutter weinend zwischen all den Särgen in unserem Geschäft angetroffen. Als ich sie fragte, warum sie so traurig sei, erzählte sie mir von ihrem Heimweh. Unsere Heimat ist dort, wo wir unsere Wurzeln haben. Heimat tragen wir in unserem Herzen, auch wenn wir ihr längst den Rücken gekehrt haben. Gleichgültig, wie oft wir in unserem Leben Orte und Länder wechseln: In dem Ort unserer Kindheit, dort wo wir aufgewachsen sind, bleiben wir zu Hause.

Das ist das, was ich erst jetzt verstand, wenn ich an die Stunde dachte, die ich auf dem Schoß meiner weinenden Mutter verbracht hatte.

Ein Foto, das zwischen den Seiten eines Buches vergessen wurde. Ein bestimmter Duft. Ein Geräusch. Eine Melodie. Eine Landschaft, durch die man fuhr. Ein Gegenstand, den man in einem Geschäft entdeckte. Der Anblick von Kindern auf der Straße beim Ballspiel oder Seilspringen, und plötzlich war sie da: die Erinnerung. Ich wusste nicht, was es genau war, das die Tränen meiner Mutter ausgelöst hatte. Aber jetzt erinnerte ich mich, sie oft wie aus großer Ferne traurig gesehen zu haben. Dennoch wusste ich nicht, wie ich das, was ich bei dem Blick aus meinem Zimmer empfand, nennen sollte. Das Unheil, das über meine Familie gekommen war, verbot es mir, von Heimweh zu sprechen. Und doch hatte es all diese Augenblicke gegeben. Augenblicke, an die ich gern zurückdachte.

Meine Gedanken bewegten sich unaufhörlich im Kreis, damit ich nicht wirklich an etwas denken musste. Und immer dann stand das Bild meiner Schwester vor mir. Wie ich sie mir eben vorstellte. So, als ob ich gerade mit ihr, die ich doch nicht kenne, etwas wie Heimat verband. Die Geschichte von mir und meiner Schwester war auch ein einziger Abschied.

Während der Bus die Schotterstraße zum Camp nahm, dachte ich daran, dass jeder Abschied anders war. Der Gedanke gab mir in diesem Augenblick eine merkwürdige Art von Trost: Irgendwann ist Schluss. Irgendwann einmal in den letzten Bus steigen. Die letzte Seite eines Buches lesen. Die letzten Akkorde eines Songs hören. Die einzige Konstante in unserem Leben war die Veränderung.

Der Bus hielt vor dem Camp. Die Beschilderung vor dem Camp war auf Englisch. Es gab Pfeile, die auf den von einem großen Holztor markierten Eingang wiesen. Und es gab Pfeile, die ins Leere wiesen.

Das Tor erinnerte mich an eine Westernstadt, wie ich sie als Kind aus meinem Spielzeug immer zusammengesetzt hatte. *Fort Laramy* oder *El Dorado* in vorgefertigten Bauteilen aus Holz und Plastik.

In dem einen Jahr bei der Möbelfabrik im Rheinland hatte ich nie das Gefühl, dass ich bleiben würde. Ich war stolz, wenigstens das eine Jahr geschafft zu haben. Was ich gelernt hatte, vergaß ich ebenso schnell wieder, weil es mich nicht interessierte.

Statt den Weg von meiner Unterkunft in eine der großen Werkhallen einzuschlagen, nahm ich eines Morgens im August den entgegengesetzten Weg. Quer durch die Industriebrachen, über Schnellstraßen und Autobahnzubringer weg zum Fluss. Noch immer passten all meine Habseligkeiten in den Seesack auf meinem Rücken.

Zwei Tage brauchte ich per Anhalter, um in die kleine Stadt zu kommen, in der ich aufgewachsen war. Ich stand vor dem Haus, in dem ich mit meinen Eltern gewohnt hatte. Das Bestattungsinstitut gab es nicht mehr. In den Geschäftsräumen befand sich jetzt ein Reisebüro.

Der neue Mieter hatte das Gebäude blau gestrichen. Vor dem Eingang standen künstliche Palmen.

Misstrauisch sah ein Mann aus dem Fenster.

Ich lief durch die Straßen. In dem Park, durch den mich meine Mutter oft im Kinderwagen spazieren gefahren hatte, setzte ich mich auf eine Bank. Alles war von einer bleiernen Stille eingehüllt. Ich hatte das Gefühl, nicht mehr als ein Motiv auf einer Fotografie zu sein.

Ich lief weiter. Das Schulgebäude stand unverändert in seiner graubraunen Klinkerfassade, den asphaltierten Hofflächen und dem gezirkelten Alibigrün unterhalb der umschatteten Fensterflächen.

Zum See wagte ich mich nicht. Später, dachte ich. Ich wusste, dass ich nicht wiederkommen würde.

Im Camp versuchte ich, mich auf das Arbeiten zu konzentrieren. So verging die Zeit schneller. Sämtliche Hütten waren von altem Gerümpel befreit und entkernt. In der letzten Woche hatten wir die neuen Dächer gesetzt. Jetzt wurden die Böden und die neuen Sanitäranlagen gemacht.

Ich war nicht gerade traurig, im Außengelände bleiben zu können. Die Hütten mussten gestrichen werden, auch die Tische und Bänke auf den Terrassen. Wenn ich von den dummen

Kommentaren der einheimischen Facharbeiter absah, hatte ich wenigstens hier meine Ruhe.

Schon in der letzten Woche war mir hinter einer direkt am Waldrand gelegenen Hütte eine Lichtung aufgefallen. Jeden Mittag um die gleiche Stunde tauchte dort ein Reh auf. Das Tier trug einen weißen Fleck im Gesicht. Sein rotbraun-glänzendes Fell schimmerte durch das Unterholz. Die dünnen Läufe scharrten im Gras. Manchmal blieb es tänzelnd auf drei Beinen stehen und witterte in die Luft.

Ich bildete mir ein, dass es mich ansah. Mit glasreinen dunklen Augen. Das Reh war immer allein. Es ließ sich durch den Baulärm vom Camp nicht aufschrecken. Von hier aus betrachtet, sah es aus, als würde das Tier im Gras oder in der Luft nach etwas suchen. Nichts deutete darauf hin, dass das Reh fraß. Nicht einmal seine Leibspeise, die Knospen der Laub- und Tannenbäume, interessierten es.

Ich gewöhnte mir an, jeden Tag um die Mittagszeit, während die anderen eine breiige Pampe aus Plastikschüsseln in sich schlangen, auf das Reh zu warten. Diese Verabredung wurde für mich zum stillen Ritual.

Als ich ein Kind war, hatte ich in den Tieren, denen ich begegnete, die aus meinem Leben verschwundenen Menschen gesehen. Das war noch immer so. Auf diese Weise war auch der Kontakt zu meiner Mutter niemals abgerissen. Wenn ich das Reh sah, hatte ich das Gefühl, dass meine Schwester nach mir suchte. Natürlich war das absurd, da sie ja vermutlich nichts von meiner Existenz wusste. Aber das Reh war wirklich.

»Hey, was machst du da? Hier wird nicht geträumt! Mach dich fort zu dem Laster! Das Holz ist da!«

Ich tauchte die Farbrolle zurück in den Eimer. Franz wartete, bis ich mich in Richtung der Campeinfahrt bewegte. Unsicher blickte er in Richtung des Waldes. In einer übertriebenen Geste lag seine Hand dabei auf dem Pistolenhalfter.

Aus den Augenwinkeln sah ich, dass das Reh verschwunden war.

Franz erinnerte mich in seiner unbeholfenen und zugleich doch gewollt autoritären Art an meinen Vater. Es war sicher kein Zufall, dass er mich dort gefunden hatte. Er stellte mir nach. Er blieb aber immer freundlich, wenn er mich ansprach. Auch wenn ihn mein beharrliches Schweigen irritierte.

Genau wie mein Vater früher bereute er kurz darauf seinen rüden Befehlston. Ich glaube, dahinter verbarg er seine Unsicherheit.

Er folgte mir zu dem Lkw. Mit einem Wink teilte er mich zu den Paletten mit den viel leichteren Holzpanelen ein. Franz nickte mir zu. Dann ging er zu einer Gruppe von Jugendlichen, die auf weitere Anweisungen wartete. Er sah gedrungen aus in seiner viel zu weiten Uniform, den kurzen Beinen und dem kahlgeschorenen birnenförmigen Kopf.

Während ich die Holzlieferung den Namen entsprechend palettenweise auf die einzelnen Hütten verteilte, musste ich an meinen Vater denken.

Zwei Wochen bevor ich die Asche meines Vaters über dem Meer verstreuen würde, kam er eines Abends in mein Zimmer. Die Tür stand auf. Sie stand immer auf, weil ich mich vor geschlossenen Türen fürchte. Ich lag schon lange im Bett und las in dem großen Melville-Band, den mir meine Mutter zu meinem zehnten Geburtstag geschenkt hatte. Mein Vater setzte sich zu mir auf die Bettkante. Ich konnte sein Gesicht nur im Profil sehen. Vater fragte mich über die Schule aus. Meine Antworten kommentierte er nickend. Aber eigentlich interessierten sie ihn nicht. Vater war an diesem Abend schon sehr weit fort.

Dann fragte er mich, ob ich noch oft an meine Mutter denken würde. Ob ich von ihr träumen würde.

Ich starrte angestrengt in mein Buch.

»Es vergeht keine Stunde, in der ich nicht an sie denken muss«, sagte mein Vater. Dann brach seine Stimme.

Ich sah auf die dünnen Rinnsale, die seine Wange hinabliefen und auf meine Bettdecke tropften. Noch nie zuvor hatte ich meinen Vater weinen sehen. Nach einer Weile stand er auf. Er ging aus dem Zimmer, ohne sich umzudrehen. Leise schloss er die Tür.

Ich lud mir so viel Holz auf die Schultern, bis mein Körper unter dem Gewicht zu schmerzen begann. Zwei Stunden lief ich so zwischen dem Lastwagen und den Hütten umher. Es begann zu regnen. Ein Lufthauch, und der Regen war da. Das Licht wurde glasig. Der Wald färbte sich mit dem Glanz nassgrüner Blätter.

Ich sah auf die Uhr am Armaturenbrett des Lkw. Noch anderthalb Stunden bis zur Abfahrt um Viertel vor drei.

Ich schaffe das nicht. Ich schaffe das nicht, hallte es plötzlich in meinem Kopf wider bei dem Gedanken an die Zellentür, die sich nach meiner Rückkehr hinter mir schließen würde. An all die Stunden und Tage danach.

Wenn ich jetzt abhaue, durchfuhr es mich, dann gibt es keine Rückkehr mehr.

Ich lief weiter. Vom Lastwagen zur Hütte und zurück. Allmählich ließ ich die Holzpakete auf meinen Schultern kleiner werden. Schaute auf die Flächen zwischen den Hütten. Versuchte, mich an das Gelände um das Camp zu erinnern. 014 stand auf dem nächsten Paket, das ich von der Palette zog. 014 war eines der Sanitärgebäude. Die Hütte lag am weitesten entfernt aus dem

Sichtfeld des zentralen Platzes im Camp. Dahinter war der Bach. Ein dichter Fichtenwald zog sich hügelan nordwärts.

Ich legte mir das Paket auf der Schulter zurecht und ging los. Vorsichtig drehte ich mich um. Die anderen liefen in die entgegengesetzte Richtung. Franz sprach mit dem Fahrer. In den Hütten, an denen ich vorüberlief, war niemand. Der Regen dämpfte alle Geräusche. Ich wischte mir die nassen Haare aus der Stirn. Mein Herz schlug fiebrig.

Als ich die Hütte erreichte, wurde der Regen stärker. Unter dem Vordach verharrte ich einen Moment. Ich ließ das Paket auf den höchsten Stapel gleiten. Niemand konnte mich hier sehen. Wenn ich den Hin- und Rückweg berechnete, hatte ich vier, vielleicht fünf Minuten. Und selbst dann war die Frage, ob jemand sofort etwas bemerkte. Vielleicht würde ich erst mit der Zählung im Bus vermisst.

Ich hatte keine Zeit, darüber nachzudenken. Ich lief los. Der Regen schloss sich hinter mir wie eine Wand. Meine Füße wateten durch den Bach, als würden sie von irgendetwas festgehalten.

Ich rannte in den Wald. Der Weg führte unter schwankenden Bäumen hinweg in ein Gewölbe aus dichtem Strauchwerk. Ich rannte den Hügel immer weiter hinauf. Einmal, kurz, sah ich das Camp unter mir liegen. Wie die Holzbauteile einer Spielzeugranch ragten die Hütten aus den feinen Dunstschleiern des Regens. Ich wunderte mich, warum alles so einfach war. Alles lag still und im nächsten Augenblick, als ich den Fichtenwald erreichte, in Dunkelheit getaucht.

Während ich lief, bildete ich mir ein, die Luft hinter mir sei voll von Stimmen und Rufen. Auf der durchnässten Erde rutschte ich immer wieder aus. Sobald ich erschöpft stehen blieb, hörte ich mein schweres Atmen. In den vom Regen verwischten Umrissen der Luft schien es sich zu vervielfachen.

Als ich die Hügelkuppe erreichte, hörte der Fichtenwald auf. Dichtbelaubte Bäume zogen sich die andere Seite des Hangs hinab. Die Schatten von Rehen wurden sichtbar und verschwanden wieder.

Ich lief weiter nordwärts. Atemlos querte ich verlassene Forstwege und Wanderpfade. Mein blauer Arbeitsoverall war völlig durchnässt, die schweren Arbeitsschuhe von Feuchtigkeit vollgesogen. Außer dem ungefähren Gefühl für die Himmelsrichtung hatte ich nicht die leiseste Ahnung, wo ich war. Ich wusste nur, wo ich hin wollte.

Der Wald endete und blieb als schmaler schwarzer Strich am Horizont zurück. Noch immer lief ich auf dem Hügelkamm. Die Ebene war voller Gehöfte und kleiner Dörfer. Eine Autobahn durchschnitt das Tal. Der Regen schützte mich. Es war kaum jemand unterwegs. Ich blieb in der Nähe der Autobahn und folgte den Fahrbahnen nach Norden.

Nach einer Stunde Fußmarsch schien ich mich einer größeren Ansiedlung zu nähern. Aus einem Gebüsch heraus beobachtete ich eine Schrebergartensiedlung. Als sich nichts rührte, lief ich durch das offene Tor. Vor einem verwilderten Gartenstück blieb ich stehen. Die Fenster und Tür der Gartenhütte waren verschlossen. Der Geräteschuppen stand offen. Mit einem rostigen Küchenmesser und einer Gartenschere brach ich das Schloss der Hütte auf.

Im Innern herrschte eine abgestandene Kälte. Durch die kleinen Scheiben drang nur wenig Licht in den mit Gerümpel vollgestellten Raum.

Ich suchte nach etwas Brauchbarem. Zitternd entledigte ich mich der nassen Gefängniskleidung. Die durchweichte Kladde mit meinen Aufzeichnungen legte ich zum Trocknen auf einen alten Holztisch am Fenster. An einer Hakenleiste hinter der Tür hingen Hose, Hemd und Jacke. In einem Regal standen mehrere Paar schlammverkrusteter Schuhe.

Hungrig und frierend kroch ich auf ein in der Ecke stehendes Feldbett unter ein Paar alte Decken und einen Stapel aufgeschnittener Kartoffelsäcke. Der Regen trommelte auf das Wellblechdach. Erschöpft schlief ich sofort ein.

In der Abenddämmerung erwachte ich von

dem Gefühl, dass jemand im Raum war. Ich sprang auf. Die Hütte war leer. Der verwilderte Garten lag geräuschlos im Regendunst.

Panik befiel mich. Ich riss die Tür auf, erleichtert, dass sie sich öffnen ließ. An einem Haken hingen noch ein Regenparka und ein Hut, die ich mir überzog, bevor ich ging.

Die Nacht verbrachte ich in einem nahen Waldstück auf einem Hochsitz. Wie ein gefrorenes Meer lagen Gewerbegebiet und Straßen im weißen Licht von Scheinwerfern und Laternenmasten. Bis zum Morgengrauen fiel ich, mit dem Rücken an die Holzwand gelehnt, in einen unruhigen Schlaf.

Mit schmerzenden Gliedern stieg ich am frühen Morgen hinab. Mit der viel zu großen Kleidung am Leib sah ich aus wie eine Vogelscheuche. Ich tastete nach der Kladde, die ich in die Jacke unter dem Parka geschoben hatte. Als ich meine Hand wieder aus der Tasche zog, hielt ich einen Zehn-Euro-Schein in der Hand. Für einen Moment konnte ich mein Glück kaum fassen.

Die Müdigkeit und Kälte der Nacht verschwanden, als ich nach einer halben Stunde Fußmarsch auf einen Autohof traf. Ich stopfte das Bündel mit der Anstaltskleidung in einen Müllcontainer.

Dann ging ich in die Sanitärräume auf der Rückseite des Gebäudes. Das Gesicht im Spiegel erschien mir, als wäre es nicht meines. Wenn ich mich sehen würde, würde ich vor mir selbst davonlaufen.

Es ist gut, denkt Emelie, als sie plötzlich spürt, wie Fynns Worte immer leiser und weniger werden, so als sei er sehr erschöpft. Dabei ist sie es, die erschöpft ist. Sie sieht Fynn wieder vor sich, in seiner Vogelscheuchenmontur auf dem Friedhof. Und sie kann es kaum glauben, dass er den ganzen weiten Weg gelaufen ist, nur um am Ende, das für sie der Anfang ihres Lebens ist, auf sie zu treffen.

Sie schläft eine Stunde oder zwei. Sie wacht auf. »Fynn«, bittet sie, »Fynn, bitte erzähl weiter. Ich muss alles wissen, hörst du, einfach alles.«

Emelie wartet, bis sie seinen Herzschlag auf ihrer Haut spüren kann. Sie presst ihr Ohr an seine Brust.

12.

Das Ende ist ein Anfang

MEIN GESICHT VERSCHWAND unter Was-
serschleiern. Ich ließ das Wasser laufen. Für einen Moment hatte ich das Gefühl, in das weite
Dunkel eines Flusses zu tauchen. Die Tür wurde
aufgestoßen. Wortlos betraten mehrere Männer
den Toilettenraum. Sie verteilten sich auf den
WC-Kabinen, als hätten sie sich zum Scheißen
verabredet.

Ich stellte den Wasserhahn ab. Kraftvoll
presste ich mir gleich mehrere Lagen des grünen
Automatenpapiers auf das Gesicht. Ein Radio-
sender, in dem vierundzwanzig Stunden am Tag
in den Musikpausen gespielt, gekichert, ge-
scherzt, gewonnen und verloren wird, verbreite-
te positive Lebensmaximen.

*Meine Mama hat mir immer gesagt, das Leben ist
wie eine Schachtel Pralinen. Man weiß nicht, was
man kriegt.*

Eingespieltes Gelächter.

*Bis zu meinem fünften Lebensjahr dachte ich, mein
Name sei Nein.*

Gekicher vom Band.

Und immer so weiter.

Ich ging in das Restaurant. Am Tisch bestell-
te ich mir ein Truckerfrühstück für neun Euro
achtzig. Eine Stunde später stand ich gesättigt

im Nieselregen an der Auffahrt zur Autobahn. Die Regenjacke aus der Gartenhütte leistete mir gute Dienste. Ich fragte mich, ob sie wohl jemand vermissen würde.

Es vergingen zwei weitere Stunden. Ein älteres Ehepaar nahm mich mit. Es fühlte sich ein bisschen so an, als wären wir eine Familie und würden gerade in den Urlaub fahren.

In Stuttgart musste ich aussteigen.

Am nächsten Morgen stand ich wieder an der Autobahn. Den Daumen steil nach oben gerichtet, blickte ich in geradeaus gerichtete Gesichter, schadenfroh feixende Grimassen und auf die im Regenlicht verschwindenden Rücklichter.

Irgendwann hielt ein Ehepaar. Die beiden sprachen nicht viel. Sie wirkten traurig. So, als hätten sie gerade jemanden verloren und ich wäre für kurze Zeit der Ersatz.

Ortschaften. Straßen. Waldstücke. Monokulturen von Feldern und Reihenhaussiedlungen. Manchmal eine Raststätte. Ein Ausschnitt von Himmel und etwas Grün zwischen Schilderwänden und Begrenzungen. Wie in einem Setzkasten zogen die Dinge vorüber. Irgendwo da draußen lebt meine Schwester, durchfuhr es mich.

Als ich noch nicht zur Schule ging, bin ich nachmittags manchmal zur nahen Bahnlinie gefahren. Ich hatte mich auf meinem Fahrrad an den Bahnübergang gesetzt. Gewartet, bis die roten Warnleuchten an den Schranken zu leuchten begannen. Die Schranke senkte sich, mit einem Geräusch, als ob ein Hund an einer Kette zerrt. Der Zug rauschte heran. Ich versuchte, irgendetwas zu erkennen. Ein Gesicht, ein Gepäckstück. Irgendein Stück Wirklichkeit, das diese paar Sekunden, die der Zug brauchte, um an mir vorbei in die Ferne zu entschwinden, zu etwas machte, das bleiben würde.

Manchmal bildete ich mir ein, einem Blick zu begegnen, der auf mir haften blieb. Auch, als der Zug längst vorüber war. Und ich hoffte, dass es auch irgendjemanden gab, der das Bild eines vor der geschlossenen Schranke auf einem Fahrrad sitzenden Jungen in seinem Gedächtnis behielt. Jemanden, der mich mitnahm, ganz gleich wohin.

Bilder lernen laufen, indem man sie mit sich nimmt. Die Bilder, die ich festzuhalten versuchte, verschwanden vor mir wie in einem Daumenkino.

Später versuchte ich, die Leerstellen zwischen den einzelnen Bildern mit den Bruchstücken aus den Geschichten der Menschen zu füllen. Es war nicht nur die Flüchtigkeit des Moments, die mich daran hinderte. In einem gewissen Sinn war ich immer vor dieser Schranke sitzen geblieben.

Vielleicht lag es auch an mir, dass sich niemand an mich erinnerte. Jede Begegnung blieb von einer schmerzlichen Flüchtigkeit. Vielleicht lag es an meiner Schwester, die kein Gesicht und keinen Namen hatte. Deswegen konnte ich sie auch überall suchen.

Ich stieg aus.

Am Spätnachmittag tauchten die ersten Häuser einer Stadt auf. Ihre Silhouette erinnerte mich an etwas, das mir einmal vertraut gewesen war. In einem kleinen Wäldchen wartete ich.

Endlich wurde es dunkel. Über den ungemähten Feldern stand die Schwärze des Himmels. Die Helligkeit der Stadt reflektierte das Licht. Es hing seltsam verloren zwischen den Weidenzweigen über dem Fluss. An seinem Ufer ging ich der entschwindenden Stille entgegen. Vor dem Ortsschild blieb ich kurz stehen. Ich konnte kaum glauben, dass ich schon so nah vor dem Landkreis war, in dem ich aufgewachsen war. Nur noch eine knappe Stunde trennte mich von meinem Auto. Von allem, was imstande war, mich hier wegzubringen.

Ich lief zum Fluss, der sich am Rande der Stadt in Richtung meiner alten Heimat schlängelte. Auch wenn fast alles in völliger Dunkelheit lag, glaubte ich doch, mit jedem Kilometer mehr und mehr Vertrautes zu entdecken.

Die Luft war kühl. Ich lief hinein in Nacht und Sterne. Für die Dauer einiger Herzschläge erreichte mich das Gefühl zu schweben. Hunger, Kälte, die Furcht, jeden Augenblick entdeckt zu werden – all das löste sich in dieser Empfindung auf.

Irgendwann wurde der Himmel immer flacher. Meine Füße fingen an zu schmerzen.

Ich wusste nicht, wie spät es war, als ich das Dorf erreichte. Hinter der Kirche führte ein schmaler Weg am Friedhof vorbei in das obere Dorf. Bald sah ich die Scheunengebäude, die sich zwischen den letzten Höfen und dem Wald als schwarzer Schatten duckten. Die Kirchturmuhr läutete zwölf Mal in die Stille. Ein Hund schlug an. Es war viel zu spät, um Matti noch zu stören. Ich würde bis morgen früh warten müssen.

Ich widerstand der Versuchung, den Ford MK2 Welsch sehen zu wollen. Es war zu dunkel. Erschöpft kroch ich in eine der offenen Scheunen. In dem modrigen Heu zwischen den vor sich hin rostenden Landmaschinen war es nicht so kalt wie draußen.

Als ich erwachte, stand Matti vor mir. Den Hut tief in die Stirn gezogen und die kräftigen Arme vor der Brust verschränkt, sah er mich an.

Erschrocken fuhr ich hoch. »Woher ...«

»Ich wusste, dass du es bist.« Matti unternahm einen zögerlichen Versuch, mich zu umarmen.

Ich stolperte einen Schritt zurück.

»Nachdem du vor zwei Tagen angerufen hast, wusste ich, dass du es eilig haben würdest. Und als gestern Nacht die Hunde anschlugen, habe ich aus dem Fenster gesehen. Der Junge mit dem Strohhut, das konntest nur du sein.« Matti lachte. Er sagte noch immer »Junge«. Matti war oft bei meinen Eltern zu Besuch gewesen. In seiner Scheune konnte ich den Wagen meines Vaters unterstellen. Ich wusste, dass Matti noch mehr für mich getan hätte.

»Komm erst mal mit! Siehst hungrig aus. Eine Dusche kann auch nicht schaden. Und bestimmt haben wir auch noch ein paar menschenähnlichere Klamotten für dich. Im Augenblick würde ich nämlich sagen, wenn ich du wäre, wäre ich gerne ich.«

Am Frühstückstisch erzählte ich ihm, was er wissen musste, um sich den Rest zusammenzureimen. Im Zusammenreimen war Matti gut. Schließlich war er mal Pfarrer gewesen.

Mattis Frau war schon zur Arbeit gefahren. Seitdem die Landeskirche Matti vom Dienst suspendiert hatte, verbrachte er viel Zeit in der Werkstatt oder draußen im Wald. Dass er auch viel Zeit investierte, um meine Schwester zu suchen, sagte er mir an diesem Morgen noch nicht. Ich würde es später in einem Brief lesen, den er mir ins Handschuhfach des Ford gelegt hatte.

Nur einmal, als ich ihm von der geplanten Reise erzählte und dass ich gleich morgen weiter wollte, fragte er mich etwas: »Wie heißt sie?«

Ich musste lachen. »Emelie«, sagte ich. »Aber es ist nicht so, wie du denkst«, beeilte ich mich noch zu sagen. »Sie ist … eine Freundin. Sie ist sechzehn. Und sie wird bald sterben.«

Matti nickte, als wäre das das Normalste von der Welt. Er sah mich lange an, ohne ein Wort zu sagen. Dann sagte er aber doch etwas: »Du bist ein ungewöhnlicher Junge.« Wortlos brachte er mich zu meinem Wagen. Er öffnete das Scheunentor hinter seinem Haus. Erst flackernd, dann in einem grellen Schwall fiel das Licht auf den Ford Granada MK2 Welsch. Unter der dünnen Schicht aus Staub ahnte ich das glänzende Schwarz des Wagens.

»Wie du wolltest, habe ich ihn überholen lassen«, sagte Matti. »Es hat ihn all die Jahre keiner angefasst. Und er ist noch immer auf meinen Namen angemeldet. So, wie du es wolltest.«

Ich nickte.

»Sprichst noch immer nicht viel, was?« Matti lächelte mir zu. »Na, ich lasse dich mal einen Moment allein mit deinem Schatz.« Er drückte mir einen Schlüssel in die Hand. Ich hörte Mattis Schritte auf dem Hof.

Zögernd ging ich auf das Auto zu. In meiner Erinnerung schien er mir nicht so groß.

13

Elfenhäuser

DIE NACHT KOMMT. Als sie mit dem Morgen geht, bleiben die Nachtschatten auf der Haut der Dinge zurück.

Emelie hat das Gefühl, in einer einzigen Nacht ein ganzes Leben geträumt zu haben. Es ist fünf Uhr morgens. Das Schiff legt in Torshavn auf den Faröer Inseln an. Sie kann es hören, aber sie rührt sich nicht. In der ersten zögernden Helligkeit gehen sie an Land.

»Sieht aus wie eine Spielzeugstadt«, kommentiert Fynn die kleinen, bunt gestrichenen Holzhäuser am Hafen.

Nach wenigen Schritten muss sich Emelie an Fynn lehnen. »Bitte langsam! Ich kann nicht mehr«, flüstert sie.

»Wollen wir zurück?«

Sie schüttelt den Kopf. »Ich will die Stadt doch so gerne sehen. Die Elfenhäuser. Alles, wovon du mir erzählt hast.«

»Warte hier!« Fynn setzt sie behutsam auf eine Bank am Fähranleger.

Es ist kalt. Ein grauer Nebelschleier liegt über dem Hafen. Fynn hatte ihr gestern ein kleines Buch über die Inseln in die Hand gedrückt. Sie erinnert sich an den Ausspruch: *Sagt man in anderen Ländern, man könne die Hand nicht mehr vor Augen sehen, glaubt man bei faröischem Nebel, gar keine Hand mehr zu besitzen.*

Wie spät es wohl sein mag? Unwillkürlich muss sie daran denken, was ihre Mutter in diesem Augenblick gerade tut. Vergeblich versucht Emelie, sich an den Wochentag zu erinnern. Ist das ein gutes oder ein schlechtes Zeichen?

Ihre Mutter wird nicht geschlafen haben. Sicher war sie schon bei der Polizei. Sie hat mit Solveig gesprochen. Vielleicht war sie in der Schule. Oder sie ist mit Solveig längst schon zum Progerietreffen gefahren.

Immer wieder wird sie die Nummer ihres Smartphones wählen. Und immer wieder wird sie die gleiche monotone Ansage der Mailbox hören. Oder längst nur ein Freizeichen? Ein Rauschen? Ein *Der Teilnehmer ist vorübergehend nicht erreichbar.*

Wird sie frühstücken? Ist der Platz für sie gedeckt? Wird sie für sie einkaufen? In ihrem Zimmer sitzen und weinen? Was denkt sie?

Auf einmal stellt Emelie fest, sie weiß gar nicht, wie das ist, sich um jemand anderen zu sorgen. Alle Sorge galt immer nur ihrer Person. Wenn sie an ihre Mutter denkt, muss sie weinen.

Fynn steht plötzlich mit einem Einkaufswagen vor ihr. »Steig ein«, grinst er.

»Das ist nicht dein Ernst, oder?«

»Wir haben nur ein paar Stunden Aufenthalt. Du willst doch was sehen, oder?«

»Das ist peinlich!«

»Ist es nicht. Hier gibt es eh mehr Schafe als Einwohner. Und denen ist das egal. Und: In einem Land, in dem das Wasser nach oben fließt, fällt es nicht weiter auf, wenn ein außergewöhnlicher Besucher eine Besichtigungstour in einem Einkaufswagen unternimmt.«

Fynn setzt Emelie behutsam in den Wagen. Er schiebt sie in Richtung der alten Festungsanlage. Deren Mauern wachsen allmählich aus dem Nebel. Für Augenblicke kann sie den Leuchtturm über dem Hafen sehen.

»Das Wasser fließt aufwärts?«

»Die nordatlantischen Winde. Manchmal sind sie so stark, dass das Wasser von den Wasserfällen wieder auf den Berg hinaufgeweht wird. Unten am Boden kommt dann nichts an.«

»Woher weißt du das alles?«

»Meine Mutter. Sie hat als Kind hier oft ihre Ferien verbracht. Sie hat es mir erzählt.«

Skansin. So nennt man die Anlage, auf deren Festungswall sie wenig später stehen. Die graue Wolkenfront reißt auf. Gebannt sehen sie zu, wie das Sonnenlicht das Meer und die Landschaft in Silber verwandelt.

Schweigend schiebt Fynn den Einkaufswagen in Richtung der Stadt.

Emelie fragt sich, ob Fynn wie sie daran denkt, dass er das alles zum letzten Mal sieht. Dass sich die Dinge, die sie ein letztes Mal tun, häufen. Und dass sie schon jetzt vieles mit dem Etikett *Nie mehr* versieht.

Aber gilt das nicht für die meisten Sachen im Leben: dass man sie nur einmal erlebt? Dabei glaubt man aber nicht, dass das so ist. Man glaubt, dass man zurückkehren wird. Lange Zeit hält man für möglich, dass alles noch viel schöner und besser würde. In jeder Minute, jeder Sekunde erliegt man diesem Irrtum. Dem Irrtum, dass man noch so unendlich viel Zeit hätte.

Du fährst an einen bestimmten Ort und denkst: Hierher komme ich zurück. Aber natürlich kommt man niemals zurück. Zumindest nicht als der, der man einmal war. Da ist es doch gleich viel besser, man sagt sich: Hier bin ich. Und dann ist es gut.

Emelie lächelt. In diesem Augenblick dreht sich Fynn zu ihr um. Hat er das Gleiche gedacht wie sie? Sein Lächeln gilt ihr.

Der Einkaufswagen rumpelt über die alte Hauptstraße Torshavns. Die schmale, kurze Gasse, von Fassaden aus dem achtzehnten Jahrhundert gesäumt, führt über einen Platz in ein Viertel kleiner schwarzer Häuschen. Die Dächer sind grasbedeckt. Wenn Emelie sich im Wagen erheben würde, könnte sie geradewegs über die Dächer auf das Meer sehen. Ein kalter Wind zerwirbelt die Wolken zu trüben Fetzen. Das Blau des Himmels steht zwischen den dunklen Holzseiten und Grasbedachungen der Häuser. So schaut es aus, als wäre die ganze Stadt eine Wiese.

»Deine Elfenhäuser!«, ruft Fynn gegen den Wind.

Emelie schließt die Augen. Sie überlässt sich dem Holpern und Schaukeln des Wagens. Nur wenn ihr Stadtführer die Sehenswürdigkeiten wie ein Marktschreier ausruft, öffnet sie die Augen. Die roten Gebäude des Regierungsviertels. Merkwürdige Häuser, deren Grasdach fast bis auf den Boden hinabreicht. Das Faröische Parlament, ein kleines graues Holzhäuschen. Das Rathaus, das früher eine Schule war. Eine Kirche mit einem Hut als Dach. Bunte Häuserfronten. Ein großes Haus mit einem kunstvollen hölzernen Treppenaufgang: das Staatsministerium.

Ein paar Schritte weiter stehen sie an der äußersten Spitze der alten Stadt. Hier hielten die Wikinger vor 1200 Jahren ihr *Thing* ab. Vor ihnen liegt die *Norröna*.

Emelie fühlt sich wie in einen alten Film versetzt. Die Bilder der Stadt tauchen wie Postkartenansichten auf und verschwinden wieder. Im Vestara Vag, dem alten Hafen, liegen unzählige kleine Boote. Fischer verkaufen ihren Fang.

»Du siehst müde aus«, sagt Fynn.

Sie sitzen im *Café Glaeman*. Es liegt unterhalb der Treppe, die in die historische Altstadt Tinganes führt. Er bestellt für sie beide. Es hat etwas rührend Unbeholfenes, wenn Fynn Englisch

210

spricht. »Nur einen Augenblick«, sagt er und verlässt das Café.

Wieder fühlt sie das panikartige Gefühl in sich heraufsteigen, Fynn würde nicht zurückkehren. Sie bliebe allein zurück. Sie zwingt sich, an das zu denken, was ihr dort oben, auf den Mauern von Skansin, durch den Kopf ging. Es kann ja gar nicht anders sein: Fynn wird in diesem Augenblick an das Gleiche denken. Und dann wird er zurückkommen.

All das, was sie letzte Nacht über ihn erfahren hat, macht sie sicher, dass er zurückkehren wird. Sie wird nicht mit ihm darüber sprechen. Fynn würde es nicht wollen.

Woran denken wir, wenn unser Leben zu Ende geht? An alles, was wir versäumt haben? An das, was wir falsch entschieden haben? Ich wünschte ... Ich hätte ... Warum? Wenn da am Ende nur Furcht und Ärger wäre, würde sie dann diese Reise machen?

Einen Vorteil hat ihre Krankheit vielleicht: Wie die meisten Menschen muss sie nicht durchs Leben gehen und die meiste Zeit Dinge tun, von denen sie glaubt, dass andere sie von ihr erwarten. Hatte ihr Solveig zum Abschied nicht gesagt, dass sie sich niemals von jemandem abbringen lassen sollte, von dem, was sie machen will?

Fynn läuft. Er läuft, bis er aus Emelies Blickfeld verschwunden ist. Am Hafenbecken bleibt er stehen. Er nimmt sein Smartphone aus der Tasche. Er weiß, dass Emelie glaubt, er hätte es gemeinsam mit ihrem Phone in der ersten Nacht auf dem offenen Meer über die Reling in die Tiefe geworfen. Er denkt an Emelies Mutter. Sollte er ihr nicht sagen, wo Emelie ist? Was passieren wird. Oder ihr die Möglichkeit geben, sie zurückzuholen? *Verdammt!*

Oder hat er am Ende doch Angst vor dem Tod? Vor dem Tod nicht, durchzuckt es ihn. Vor dem Sterben. Weil er die Art seines Sterbens nicht kennt. Das macht ihn unsicher.

Er weiß nur eines: Ein guter Tod ist, wenn man sagen kann, ich hatte für alles einen Grund.

Emelie wartet. Ein junger Mann mit kantigen Gesichtszügen und zerzaustem, dicken Haar bleibt vor ihr stehen. Er sagt etwas in einer fremden Sprache zu ihr. Behutsam schiebt er ein Tablett mit Tee, Milch und Zucker vor sie auf den runden Tisch. Er sieht sie bestürzt an. Dann öffnet er erneut den Mund.

»Ich höre Stimmen, und sie mögen dich nicht«, sagt er auf Englisch. Schließlich geht er wieder.

Was für ein schräger Vogel, denkt Emelie. Wo bleibt Fynn nur?

Emelie versucht, sich auf die Worte und Sätze in ihrem Kopf zu konzentrieren. Gut, das hat sie getan. Sich von niemandem abbringen lassen.

Und jetzt?

Als ihre Großmutter vor einem Jahr starb, besuchte Emelie sie im Krankenhaus. Ihre Eltern sagten ihr, es sei das letzte Mal. Die Großmutter erschien ihr verletzlich wie ein Neugeborenes. Klein, mit zusammengeschrumpelten Gesichtszügen und einer verlorenen Gestik.

Die Großmutter klagte. Sie sagte: »Ich wünschte, ich hätte nicht so viel gearbeitet. Ich wünschte, ich hätte den Mut gehabt, meine Gefühle auszudrücken. Ich wünschte, ich hätte nicht den Kontakt zu meinen Freunden verloren. Ich wünschte, ich hätte den Mut gehabt, mein eigenes Leben zu leben. Ich wünschte, ich hätte mir erlaubt, glücklicher zu sein.«

Natürlich sagte sie das nicht alles auf einmal. Immer, wenn sie erschöpft nach Atem rang und ihr Redeschwall versiegte, setzte sie anschließend mit diesem *Ich wünschte* wieder neu an. Daran erinnert sich Emelie.

Und jetzt, denkt sie, sollte sie einfach glücklich sein. Schneestill glänzt das Stückchen Zucker in ihrer Hand. Rasch löst es sich in dem heißen Tee auf. Mit dem Löffel furcht Emelie helle Strudellinien bis zum Grund der Tasse. Jetzt, erinnert sie sich. Jetzt wird es nicht mehr lange dauern.

Das Display leuchtet. Er zögert.

Hatte ich denn wirklich für alles einen

Grund? Und jetzt? Hatte ich nicht vor, mich zu freuen? Zumindest sollte da doch so eine Art Losgelöstsein oder ein Erleichtertsein auftauchen.

Sein Vater hatte immer gesagt, es gehe erst einmal darum, den Tod zu akzeptieren. Bei der Branche wohl eine Grundvoraussetzung, denkt Fynn. Er spürt, wie sich sein Gesicht zu einem Lächeln verzieht. Sein Vater hatte auch gesagt, wenn du dich mit dem Tod beschäftigst, brauchst du ein klares Herz und einen offenen Geist.

Hatte er diese Weisheiten für seine Klienten gelernt? Oder meinte er es ernst? Klares Herz … Heißt das nicht zu sehen und zu hören, was die Menschen wirklich brauchen?

Fynn öffnet die Hand. Das Smartphone rutscht von der Handfläche. Das Wasser ist hier so klar, dass er es auf dem Grund des Hafenbeckens liegen sehen kann.

Er bückt sich. Seine Hand taucht in das eisige Wasser. Für einen Augenblick verwischen die Umrisse des Plastikdings da auf dem Boden.

Emelie hätte ihm diesen Anruf niemals verziehen. Schwer wie Schmelzwasser zerfurchen seine Bewegungen die Spiegelstille.

Fynn glaubt zu verstehen. Es geht nur darum, anwesend zu sein.

Vor dem Café bleibt er stehen. Er beobachtet Emelie. Gedankenverloren rührt sie mit dem

214

Löffel in ihrem Tee. Sie sieht klein aus. Ungeheuer zerbrechlich. Was er eben noch vorhatte, erscheint ihm jetzt wie ein Verrat.

»Wo warst du?« Ihre Augenlider zittern.

»Unsere Reise. Irgendjemand muss sie ja planen. Gar nicht so leicht, heutzutage eine Telefonzelle zu finden.«

»Hast du denn überhaupt Geld von hier?«

»Du meinst faröische Kronen?« Fynn greift triumphierend in seine Jackentasche. Er legt ein Bündel Geldscheine auf den Tisch. »Von meiner Mutter.« Seine Hände umfassen das Teeglas. Vorsichtig trinkt er einen Schluck. Dann gießt er die Milch in die dunkelrote Flüssigkeit.

»Siehst du. Alles verändert sich«, sagt er. »Woran hast du eben gedacht?«

»An den Tod. Wie es ist, wenn man vergisst zu sterben.«

»Wie meinst du das?«

»Na, du denkst die ganze Zeit, dass du bald sterben wirst. Und dann passiert es nicht. Weil sich das Leben nicht bestimmen lässt. Du lebst einfach weiter. Vielleicht hattest du eine falsche Diagnose.« Sie trinkt ihren Tee in langsamen Schlucken.

Wie ein kleiner Vogel, denkt Fynn. Bis zu diesem Augenblick ist ihm noch nie aufgefallen, was für besondere Augen Emelie hat. Sie sind ungewöhnlich groß. An ihren Rändern strahlen sie einen Schimmer gleichmäßigen hellen Lichts aus. In dieser Umgebung würde er ihre Farbe als meergrün bezeichnen. Auf dem Festland, während der langen Autofahrt, hatten sie ein blasses Blaugrau angenommen.

Unbeholfen sucht er nach dem richtigen Ausdruck. Aber dann schaut er sie einfach nur an. Helle Lichttupfer sprenkeln ihre Iris. Ihre Netzhaut. Das Licht scheint sich wie aus einer großen Entfernung unter ihre Lider zu legen.

»Vielleicht«, fährt sie fort, »hast du auf einmal auch nur entdeckt, wie schön das Leben ist. So schön, dass du es festhalten möchtest.«

»Oder«, unterbricht sie Fynn, »du nimmst bewusst Abschied. Du freust dich, noch einmal Dinge zu machen. Ein letztes Mal zu tun. So, wie man viele Dinge ein erstes Mal tut. Vielleicht wird man dann furchtloser. Oder du denkst umgekehrt: dass du dein Leben gerade in einer beschissenen Lage als lebenswert betrachtest.«

»Fynn hält ein Plädoyer für ein Ja zum Leben«, spottet Emelie.

»Alle Menschen sagen das. Ja zum Leben. Nur eben unterschiedlich laut. Und wenn du es leiser sagst, brauchst du Unterstützung, um dein Leben zu verändern. Sieh es doch mal so: Wir beide sind gerade dabei, es zu tun.«

Die *Norröna* fährt langsam zwischen steil aufragenden Felswänden in Richtung Nordmeer. Über viele Kilometer erstreckt sich die Gipfelregion eines riesigen unterseeischen Gebirges aus dem Meer. Nur vereinzelt leuchten winzige Punkte in den moosgrünen Hängen.

Treppenartig fallen sie zum Wasser hin ab: die farbigen Dächer von Hütten. Manchmal eine kleine Ansiedlung. Lange, schmale Klüfte ragen in das steile Relief der Landschaft.

Auf der einen Seite des Schiffes fallen die Flanken der Berge senkrecht ins Meer. Nach Osten hin neigt sich das Land sanft in die See. Die silbrigen Fäden der Wasserfälle ziehen sich durch die Gesteinsschichten.

Emelie stellt sich vor, wie es ist, wenn der Wind das Wasser aufwärts fließen lässt.

Sie sitzt im *Saga Café*. Fynn läuft von der einen Seite zur anderen. Anschließend schildert er Emelie, was er gesehen hat. Der Landgang hat sie erschöpft. Überhaupt hat sie das Gefühl, dass sie jede Stunde, die sie vom Morgen und vom Aufwachen entfernt, mehr und mehr erschöpft. So muss es sich anfühlen, wenn man alt wird, denkt sie.

Vor den großen Fenstern wechseln Grasflächen mit großen Gesteinsfeldern. Der salzige Wind fegt darüber. Sie stellt sich vor, wie es wäre, hier aufgewachsen zu sein, hier zu leben. Im Zeitraffer stellt sie sich ihr Leben als Färingerin vor. Von der Geburt bis zum Tod. Es ist wie Kino. Davon hat sie Fynn noch nicht erzählt. Dass sie jeden Tag ihre eigenen großen Filme dreht. Manchmal zwei, drei in der Stunde. Fünfzehn Leben oder mehr an einem Tag.

Sie weiß nicht mehr, wann das angefangen hat. Am nächsten Morgen erinnert sie sich meist an keinen dieser Filme mehr. Vielleicht kann man das nur, wenn man so rasch altert, wie es ihr Körper tut.

Emelie schläft in ihrem Sessel ein. Sie sieht nicht, wie das Schiff die letzten Fjorde passiert. Über den Zinnen der Berge liegen dichte Nebelschleier. Aus der Graslandschaft ragen blanke Felsen. Die *Norröna* nimmt an Fahrt auf.

Fynn legt seine Jacke über Emelie. Er setzt sich neben sie an die Fensterfront. Die Küstenlinien der Inseln lösen sich im Seedunst auf.

Mitten in der Nacht erwacht Emelie. Die Bewegungen der *Norröna* sind mit dem Wellengang zu einer unmerklichen Auf- und Abbewegung verschmolzen. Sie tastet mit den Händen in der Luft. Durch das Bullauge dringt ein schwaches Licht vom Meer. Etwas ist in der Kabine. Ihre Glieder werden starr. Sie hört, wie jemand angestrengt atmet.

Ihr Mund öffnet sich. Noch bevor der anfängliche Ton ihre Kehle erreicht, presst sie die Lippen wieder aufeinander. Im ersten Gefühl wollte sie nach ihrer Mutter rufen. Dann begreift sie, wo sie sich befindet. Eine Hand legt sich auf ihren Arm.

»Ich muss mit dir reden.« Fynn sitzt auf dem Bettrand. Allmählich lösen sich die Umrisse der Kabine aus der Finsternis.

»Was ist passiert?« Emelie setzt sich auf. Fynns Hand bleibt auf ihrem Arm.

»Nichts. Ich meine, jetzt gerade. Ist nur so, dass ich dir nicht alles erzählt habe. Es gibt da etwas, was du vielleicht wissen solltest.«

»Hast du den Satz aus einem Film?« Emelie tastet nach ihrer Brille.

»Quatsch.« Er nimmt die Brille vom Boden. »Warte.« Fynn setzt sie ihr behutsam auf. Er sieht sie nicht an, während er spricht. Sein Blick richtet sich auf die blassen Scherben aus Licht über dem Meer. »Und außerdem kennst du ja den Rest meiner Geschichte noch nicht.«

»Es gibt einen Rest?« Emelie beugt den Kopf.

Fynns Herz schlägt rascher als sonst.

»Ich hab im Knast gesessen. Sag nichts«, fügt er an, als hätte er Angst, Emelie könne etwas entgegnen. »Es kommt noch schlimmer. Ich bin abgehauen. Hab es einfach nicht mehr ausgehalten. Tut mir leid, Emelie. Ich hätte es dir sagen sollen.«

»Aber das weiß ich doch schon längst«, beruhigt sie ihn. »Du hast es mir letzte Nacht erzählt. Ich habe meinen Kopf auf dein Herz gelegt und dir zugehört. Erinnerst du dich nicht?« Emelie wagt nicht, sich zu bewegen. Fynns Hand liegt noch immer auf ihrem Arm. »Aber was ich nicht verstehe: Dann wirst du doch gesucht? Wie kann es sein, dass wir trotzdem auf das Schiff gekommen sind?«

»Weil ich schon tot bin. Nach Toten fragt doch niemand mehr.«

»Ich bin kein Kind mehr. Du musst mich nicht verscheißern.«

»Die Papiere. Die sind alle falsch. Ich hab sie von Matti. Ich hab dir von ihm erzählt. Er war der beste Freund meines Vaters. Sein Sohn war so in meinem Alter, als er letztes Jahr gestorben ist. Vom Aussehen her könnte er fast mein Bruder gewesen sein. Als ich den Ford geholt habe und er mir die Papiere von seinem Sohn gegeben hat, hat er geweint. Ich glaube, für ihn ist das so, als ob sein Sohn noch mal verreisen würde. Ich hab erst nicht daran gedacht. Aber jetzt fühlt es sich immer mehr so an, als würde ich die Reise auch für ihn machen. Dabei kenne ich ihn ja gar nicht. Ist schon verrückt, oder?«

Für einen Augenblick ist nur das entfernte Dröhnen der Maschinen zu hören und ein leises, diffuses Rauschen.

»Was hast du getan?«, fragt Emelie.

14.

Ankunft

EIN HAUFEN DÜNNER Kladden liegt vor mir auf dem Schreibtisch: Emelies und Fynns Tagebücher.

Als ich sie das erste Mal gelesen habe, hatte ich das Gefühl, ich wäre noch nie irgendwo angekommen. Und nun, da ich ihre Geschichte erzähle, wird dieses Gefühl immer stärker.

Emelie und Fynn erreichen Island am Morgen des 3. April 2016 mit der *Norröna*. Sie legen in Seyoisfjördur an der Westküste an. Der lang gestreckte fjordartige Einschnitt bildet an dieser Stelle einen natürlichen Hafen.

Die beiden wachen erst auf, als das Schiff bereits die Motoren drosselt und den Anlegevorgang einleitet. Sie haben die ganze Nacht geredet. Ich weiß das, weil Emelie unablässig in ihr Heft schreibt. Sie notiert jede Einzelheit.

Manchmal denke ich, sie tut das für ihre Mutter. An anderen Stellen bin ich mir nicht so sicher.

Auch Fynn führt ein Tagebuch, aber davon weiß Emelie bis zuletzt nichts.

Tagebuch zu schreiben, ist für mich auch eine Form der Ankunft. Etwas aus dem zu machen, was ich noch habe. Und sei die Zeit auch noch so kurz. Das ist etwas, das ich an den beiden bewundere.

Je mehr ich von ihnen erfuhr, desto klarer wurde mir, dass ihr Unterwegssein nichts anderes war als eine Bewegung auf das Jenseits zu. Wenn dich dein Vater verlässt und wenn du keine Familie mehr hast, ist das vielleicht die einzige Bewegung, die du kennst. Und da wusste ich, dass ich ihre Geschichte aufschreiben musste. Weil es die Geschichte meiner Tochter ist.

»Fynn, Fynn!« Emelies Körper erfasst ein jäher Schwindel, als sie aufsteht, um Fynn zu wecken. »Fynn, wach auf! Das Schiff legt an. Da ist Island und wir liegen noch in der Koje!«

Rasch packt Fynn ihre Sachen zusammen. Auf dem Autodeck erwarten sie böse Blicke. Ihr Wagen blockiert einige der Transporter und Wohnmobile.

»Ankommen fühlt sich gut an«, sagt Fynn.

Mit stotterndem Motor rollt der Ford an einer Handvoll Holzhäuser und der blauen Kirche von Seydisfjördur vorbei.

Fynn wendet den Wagen. Er hält vor dem *Kaffi Lara*.

Ihr Frühstück besteht aus Kaffee und Pönnukökur. Emelie isst gleich zwei der dünnen Pfannkuchen. »Wohin werden wir fahren?«, fragt sie.

Fynn holt die Karte aus seiner Jackentasche. »Nach Raufarhöfn. Der nördlichste Ort Islands.« Er zeigt ihr einen Punkt auf der Karte. »Ich habe dir davon erzählt. Meine Mutter kommt von dort.«

»Wie lange werden wir brauchen?«

»Ich weiß es nicht. Die Entfernungen hier sind andere als bei uns. Ich war ja noch ein Kind, als ich zuletzt hier war.«

»Und dann?«

»Warum fragst du?« Fynn schaut sie verwundert an. »Unsere Liste. Die letzten Dinge. Die letzten Orte. Du weißt schon. Oder hast du plötzlich Zweifel?«

Ja, möchte sie antworten, aber sie schweigt.

Wenn ich mit dir im Auto sitze, dann spüre ich die Wirklichkeit. Es ist so schwer, die Realität zu spüren, weil es so viele Möglichkeiten gibt, ihr zu entfliehen. Das ist es, was ich all die Jahre über gemacht habe. Nicht anzuerkennen, dass man sterben wird. Das ist unser zentrales Problem. Wirklich anzuerkennen, dass man sterben wird, und sein Leben entsprechend zu führen.

Die meisten von uns leben, als wäre der Tod keine Realität. Wir leben in einer Art Märchenwelt. Jedes Kind wird in eine Bilderwelt hineingeboren, die es für die Wirklichkeit hält. Und jetzt erst beginne ich zu spüren, dass die Wirklichkeit anders ist. Deshalb möchte ich fahren. Mit dir im Auto sitzen und mich lebendig fühlen. Ich möchte immer fahren. Und gleichzeitig spüren, dass ich sterben werde. Verstehst du das?

Aber das sagt sie nicht. Emelie schweigt.

Es gibt so viele Dinge, die wir beinahe tun. Sie spielen überhaupt keine Rolle. Und dann gibt es da die Dinge, die wir beinahe tun, und sie würden alles verändern.

Der schneefarbene Himmel verwandelt die Landschaft. Eis und Schnee um sie herum werden zu einer weglosen Wüste. Nur eine einzige Straße führt von Seydisfjördur nach Westen, in das Landesinnere. Zwischen weißen Wänden kriecht der Ford die Serpentinen hoch. Der Fjord, das Schiff und die Häuser schrumpfen zu spielzeughaften Zerrbildern.

Emelie schließt die Augen. Wenn sie sie dann für Momente wieder öffnet, ist ihr, als schwebe sie. Die Schattenlinien des Lichts über den weiten Schneeflächen. Die Musik aus dem Radio. Aus den blassen Wolkenbändern ragen die Gipfel fernster Berge. Ein zweites Firmament, denkt sie.

Ihr Gesicht im Spiegel: ein weißer Fleck am Rande der Sichtbarkeit.

Einmal halten sie. Emelie greift mit ihren Händen in die Schneewälle am Fahrbahnrand. Fynn steckt seinen Kopf in den Schnee. Der Schnee leuchtet sonderbar auf seinem Haar. Sie lacht.

Sie fahren über eine weite Hochebene. Ein tiefes Gefühl der Glückseligkeit breitet sich in ihrem Bauch aus. Sie hat die Empfindung, plötzlich wirklich sehen, fühlen und vielleicht sogar verstehen zu können. Die Fahrt über die einsame Straße kommt ihr vor wie eine Totale. Aus langen Einstellungen mit entrückter Kamera, in denen scheinbar nicht viel passiert. Außer, dass es ihr gerade das Herz bricht, aber ganz leise. Oder der große Junge neben ihr sich von allem verabschiedet, was ihm einmal wichtig war. Ganz allein mit ihr macht er sich auf den Weg in eine Zukunft, die eigentlich keine ist.

Sie schreibt das alles in ihr Buch. Sie schreibt, noch während sie fahren. Aber sie erwähnt kein Datum mehr. Keine Uhrzeit. Keinen Ort. Es geht ihr allein um die Genauigkeit und Wahrheit dessen, was sie sieht.

Auf der weißen Ebene schimmert es wie von hauchdünnen Pigmentschichten. Aus dem Inneren des Himmels fällt ein verheißungsvolles Licht. Die Schatten füllen sich mit kühlem Beige. Rentiere ziehen über das Hochland. Hinter der nächsten Hügelkuppe liegt Egilsstadir. Egilsstadir ist die jüngste Stadt Islands. Das milchig scheinende Gletscherwasser des Lögurinn, eines dreißig Kilometer langen Sees südlich der Stadt, leuchtet matt vor den grünen Ufern.

Warum erscheint ihr das alles auf einmal so bestürzend schön?

Die Straße windet sich hinab in eine plötzlich schneelose Landschaft. Sie fahren an dem kleinen Flughafen vorbei. Die Nationalstraße 1 überquert den an dieser Stelle schmalen See. Perlmuttartige Schatten liegen über den Gletschern am Horizont. Der Vatnajökull berührt mit seiner Eiskappe den Horizont.

Wieder steigt die Straße an. Emelie überlässt sich dem Gefühl des Schwebens. Die Müdigkeit überwältigt sie. Sie erwacht erst wieder, als sie bei Vopnafjördur das Meer erreichen.

Der Ort besteht aus einer Ansammlung verloren wirkender Häuser. Immerhin gibt es einen winzigen Flugplatz und ein Schild, das auf einen Campingplatz hinweist. Von der Straße Nr. 85 können sie immer wieder auf die Bucht von Vopnafjördur sehen.

»Das Nordmeer«, sagt Fynn.

»Sind wir nicht mehr am Atlantik? Oder an der Nordsee?«

Fynn lacht. »Nein. Das Nordmeer ist ein Randmeer des Atlantischen Ozeans. Es verbindet den Atlantik mit dem Arktischen Ozean.«

»Du hörst dich an wie ein Lexikon.«

Fynn fährt unbeirrt fort: »Du musst dir das so vorstellen: Auf der einen Seite liegt Norwegen. Auf der anderen Island und Spitzbergen.« Er zeigt auf das runengrüne Wasser. »Und da unten gibt es riesige Tiefseebecken. Korallenriffe. Gräben, die bis zu 4000 Meter tief sind. In denen

226

sieht es noch aus wie während der Eiszeit. Die Fische haben da ihre Laichgründe. Das Tiefenwasser des Nordmeeres ist das älteste der Welt. Deshalb sind wir doch hier, oder?« Seine Stimme zittert, während er erzählt.

Emelie sieht auf das karge, das Meer schluckende Felsland vor dem Wagenfenster.

Manchmal sieht sie an Fynns Gesicht vorbei auf schneebedeckte Berghänge. Die Müdigkeit lässt sie nicht mehr los. Fynns Stimme vibriert auf ihrer Haut.

Wieder gerät sie in einen seltsamen Schwebezustand. Sie hört Fynn vom Nordmeer erzählen, das so viele Jahrhunderte am Rand der bekannten Welt lag. Er erzählt von Kraken, die die Schiffe in die Tiefe zogen. Vom Mahlstrom, einem Strudel von unwiderstehlicher Gewalt, mitten in der offenen See, dem kein Schiff entrann. Von Fischerei und Walfang. Von Seemännern und Entdeckern. Wie Bilder in einer Diashow legen sich Landschaftsausschnitte auf ihre Netzhaut. Im gleichen Moment verschwinden sie in einer tönenden Stille. Die Straße führt bald wieder nah am Meer entlang.

Erst zwei Fjorde und Stunden später erwacht Emelie aus ihrem Zustand. Der Ford steht am Ortseingang von Raufarhöfn.

»Zieh das hier an! Du bist ab jetzt meine Mutter. Jedenfalls, so lange wir in diesem Hotel sind. Das ist, glaube ich, besser.«

»Deine was?« Emelie sieht ihn entgeistert an.

»Kopftuch. Handtasche. Alter Wollmantel. Und die Boots würde ich gegen diese Stiefel tauschen.« Fynn wühlt in einer Sporttasche auf dem Rücksitz.

»Auf dem Schiff sollte ich deine Schwester sein. Jetzt bin ich deine Mutter. Interessant. Was passiert als Nächstes? Wo hast du das alles her?«

»Hab eben an alles gedacht.«

Emelie verschwindet fast in der viel zu großen Kleidung. Nur noch ein schmaler Ausschnitt ihres Gesichts ragt aus dem Kopftuch.

Das Hotel *Nordurljos* war früher eine Unterkunft für Heringsarbeiterinnen. An den Wänden hängen alte Fotografien aus der Zeit, als Raufarhöfn noch ein großer Heringsfischerort war.

Der Mann am Tresen hatte kaum aufgeblickt, als Fynn in pittoreskem Englisch für sich und seine alte Großmutter (das war ihm am Ende doch realistischer erschienen, ohne Emelie vorher zu fragen) drei Nächte im Voraus bezahlte und sich scheinheilig nach Sehenswürdigkeiten in der Umgebung erkundigte. Der Hotelier hatte ihm daraufhin einen ganzen Packen Prospekte in die Hand gedrückt.

»War doch kein Problem«, stellt Fynn zufrieden fest.

Sie liegen, die Arme unter dem Kopf verschränkt, auf dem breiten Hotelbett. Bei jeder Bewegung beginnt es, schwerfällig zu ächzen.

»Klar, deine Großmutter. Das hättest du mir ruhig vorher sagen können. Ich sehe eben aus, wie man sich Leute meines Alters vorstellt. Ich muss sagen, das Älterwerden ist wirklich eine Beleidigung. Nur, dass ich keine Chance hatte, mich darauf vorzubereiten. Was ist ein Mensch jenseits von *nicht mehr* und *noch nicht*? Kannst du mir das sagen?«

Fynn dreht den Kopf zu Emelie. Sie liegt in voller Kleidung auf dem Bett. So, als wolle sie jeden Augenblick aufstehen und gehen.

»Falten sind ein Zeichen von Charakter.«

»Sie sind der Anfang vom Ende. Du musst nur mal hinsehen, wenn mich andere anschauen.«

Das, was Fynn jetzt sagt, erstaunt sie. »Das ist nur der Unterschied zwischen deiner Selbstwahrnehmung und jedem fremden Blick. Denk nur mal dran: Dem inneren Empfinden ist das Äußere fremd. Das hat sich doch sowieso ohne unser Zutun verändert, oder?«

»Mag sein. Aber du weißt nicht, wie es sich anfühlt, wenn das Aufstehen, Waschen und Anziehen morgens zur stundenlangen Qual wird und jede Treppe dir wie ein Berggipfel erscheint. Soweit bin ich bald, Fynn. Es hat schon angefangen. Und es wird jeden Tag schlimmer.« Emelie seufzt. »Und doch, kann sein, dass du recht hast. Jedenfalls, seit wir losgefahren sind, vergesse ich immer öfter, dass …«

»Dass was?«

»Dass ich schon sehr alt bin. Und jeden Tag schneller altere als andere Menschen auf dieser Welt. Und dass ich jeden Tag sterben kann, weil ich meine Lebenserwartung schon erreicht habe. Sechzehn Jahre. Hast du schon vergessen, Fynn?«

»Ich bin auch alt, Emelie.«

»Bist du nicht.«

»Bin ich doch. Ich erinnere mich plötzlich viel zu gut an die eigene Kindheit. Ich lese die Todesanzeigen schon seit einigen Monaten viel aufmerksamer. Ich sage verdächtig häufig: *Zu meiner Zeit*. Ich bin ungeduldig geworden, weil ich keine Zeit mehr zu verschwenden habe. Ich weiß, dass die Zukunft kürzer sein wird als die Vergangenheit. Und das Allerwichtigste: Ich … ich habe längst keine Träume mehr. Deshalb.«

»Es reicht. Ich will das alles nicht mehr hören! Du musst nicht sterben, nur weil ich sterbe.« Emelie schaltet ihr Hörgerät ab.

Sanft fährt ihr Fynn durch die verbliebene Haarsträhne. Er dreht den Lautstärkeregler hinter ihrer Ohrmuschel hoch. »Doch. Oder hast du das alles schon vergessen, was wir besprochen haben?« Er schweigt.

Ist das das Rauschen des Meeres? Oder ein Auto, das durch den Ort fährt? Das Fenster steht weit auf. Emelie spürt den kalten Luftzug auf der Stirn.

»Wenn es so weit ist, gehe ich mit dir. Das habe ich versprochen. Man kann es noch nicht einmal Selbstmord nennen. Und übrigens: Ich habe nicht vergessen, dass du sechzehn Jahre alt bist. Aber was spielt das für eine Rolle? Können wir nicht jeden Tag so glücklich sein, dass es an den Rand unserer Vorstellungskraft stößt?«

»Klingt sehr romantisch. Aber warum du? Du bist nicht alt. Du bist nicht krank. Du musst nicht sterben, weil dein Körper dich im Stich lässt.«

Fynn beugt sich zu ihr. Er nimmt ihren fast gewichtslosen Körper in seine Arme. Als wäre sie ein Säugling. Emelie an seine Brust gedrückt, setzt er sich auf den Sessel vor das offene Fenster. Der Himmel scheint zu schwanken. Das Licht ist gleichmäßig und ein wenig hell. Fynn legt seine Lippen auf ihre Stirn. Er sagt nichts.

Emelies Herz schlägt schneller und schneller. Sie sehen beide auf das Meer.

Emelie erwacht in der Mitte der Nacht. Der Platz neben ihr ist leer. Die Bettdecke ist aufgeschlagen. Das Kopfkissen ist unberührt. Alles ist still.

Da ist nur das Rauschen in ihren Ohren. Es schwillt an bei dem Gedanken daran, dass sie allein ist. Dass Fynn nicht zurückkommen könnte.

Vorsichtig setzt sie sich auf. Die Dunkelheit

vor dem Fenster ist eine andere als die daheim. Eigentlich ist es gar keine Dunkelheit.

Sie muss daran denken, was Fynn ihr geantwortet hat, als sie ihn vor zwei Nächten in der Kabine fragte: *Was hast du getan?*

Fynn hat lange geschwiegen. *Nichts*, hat er dann gesagt.

Eines Tages hätte plötzlich sein Onkel vor seiner Wohnung auf der Straße gestanden. Seit der Beerdigung seines Vaters hatte Fynn nichts mehr von ihm gehört. Kaum saßen sie eine Weile im Café, zu dem Onkel Ole ihn gelotst hatte, bat er Fynn, für ihn in Singen ins Gefängnis zu gehen. Eine Kurzstrafe von vier Monaten, nicht mehr. Moralisch unbedenklich. Ein ärgerliches Verkehrsdelikt, serienmäßige Überschreitung des Tempolimits. Er, Ole, würde seinen Job verlieren, wenn er diese Strafe absitzen würde.

Fynn hatte auf einmal einen Umschlag mit 5000 Euro in der Hand. Der Onkel wusste alles über seine finanzielle Not. Fynn überlegte nicht lange. Da wusste er noch nichts von der Höhe des Geldbetrags, der in dem Ford verwahrt war. Vier Monate, so dachte er, gehen schnell herum.

Auf Emelies ungläubige Einwände hin erklärte ihr Fynn, dass das nichts so Ungewöhnliches sei. Vor allem Kurzstrafen von drei, vier Monaten würden oft von Fremden gegen Zahlung abgesessen. In den Anstalten, wo eine Maximalhaftzeit von sechs Monaten üblich sei, seien die Kontrollen lasch. Eine richtige Überprüfung der Identität von Kurzzeithäftlingen finde nicht statt. Es denke ja auch niemand ernsthaft daran, dass jemand freiwillig ins Gefängnis gehen könnte. Dabei gebe es sogar Profihäftlinge. Also bezahlte Stellvertreter der Verurteilten. Eine Agentur sorge für den entsprechenden Pass, Identitätskarte, Führerschein und alles, was für einen Gefängnisaufenthalt nötig wäre. Es gäbe eben viele Menschen, die durch eine Haft einiges an Einkommen einbüßten. Einmal abgesehen von dem Schaden für ihren Ruf.

Emelie hatte ungläubig den Kopf geschüttelt. *Und warum bist du abgehauen?*

Weil es schlimm war, hatte er geantwortet. Und dann erzählte er …

15.

Nordmeer

IM GEFÄNGNIS VERGISST sogar der Schmetterling seine Flügel. An diesen Satz erinnert sich Emelie. Das war nicht unbedingt ein typischer Fynn-Satz. Sein Gesicht lag im Dunkeln. Sie konnte nur seine Stimme hören. Aber das genügte, um sich sein Gesicht vorzustellen, während er erzählte.

Sie kamen beim Duschen. Oder wenn er zur Toilette ging. Fingen ihn auf dem Hof ab. Sie suchten sich immer Orte, die im toten Winkel der Kameras lagen. Unübersichtliche Flure. Freistundenhöfe mit dunklen Ecken. Er wurde immer häufiger schikaniert, erpresst, von gemeinsamen Aktivitäten ausgeschlossen.

Manchmal bewarfen sie ihn mit Müll oder Exkrementen. Mal machten sie ihn durch Lügen oder Gerüchte verächtlich. Er begegnete Menschen, denen hatte der Knast alle Farbe aus dem Körper gesaugt. Alles an ihnen war grau. Wenn sie lachten, hörte man das. Aber man sah es nicht.

Als er nicht auf ihre Forderungen einging, fingen sie an, ihn im Sportraum zu schlagen. Er schlief nachts nicht mehr. Von den Vollzugsbeamten, den Sozialarbeitern und Psychologen hatte er keine Hilfe zu erwarten. Alle wussten es. Er hatte erst vier Wochen von der Haftstrafe seines Onkels abgesessen. Doch wenn er sich vorstellte, was schon in der nächsten Stunde alles passieren konnte, fühlte er, dass er es keinen Tag länger hier aushalten würde.

Er wurde krank. Den Rest würde sie kennen. Einen neuen Pass habe er natürlich gar nicht mehr gebraucht, aber er wollte Matti nicht enttäuschen.

Der zweite Tag auf Island kommt herauf in einer blassblauen Leere. Das Relief der Wasseroberfläche erscheint ihr wie ein auf den Kopf gefallener Himmel.

Irgendwo da draußen ist Fynn. Einmal hat er ihr erzählt, dass er nachts oft einfach fortläuft. Mehr hat er darüber nicht gesagt.

Welchen Sinn machen jetzt noch Geheimnisse?, fragt sie sich. Emelie ist ruhiger, seitdem sie hier ist. Sie weiß, dass er zurückkehren wird. Sie setzt sich mit ihrem Tagebuch ans Fenster. Ziellos blättern ihre Hände die Seiten um. Ihre Finger tasten über einzelne Sätze.

Emelie, nur du.
Der Himmel gehört allen, die Erde wenigen.
Ich sehe dich. Wohnst du dort oben?
Bist du denn noch nie weg gewesen, Emelie?
Wir haben ja Zeit.

Sie sind alle tot. Alle, Emelie.
Fühlt man es, bevor man stirbt?
Wo ist das Ende von Dänemark?
Wovor sollte ich jetzt Angst haben?
Ach, Emelie.
Das Wasser fließt aufwärts?
Wie ist es, wenn man vergisst zu sterben?
Und dann?

Das Frühstück wird ihnen aufs Zimmer gebracht. Das war Fynns Idee.

»Wo warst du?«

»Nicht so wichtig. Den Weg erkunden. Stromern.«

»Welchen Weg?«

»Na, zum Polarkreis. Oder fast. Hraunhöfn, der nördlichste Punkt der Insel. Da war mal ein Ort, im vorletzten Jahrhundert. Meine Mutter ist einmal mit mir dahin gegangen. Ist wirklich nur ein kleiner Spaziergang.«

»Aber, ich …«

»Ich weiß, Emelie. Ich hab unseren Wirt gefragt. Da hinten im Schuppen sind jede Menge alte Karren. Von den Heringfischern. Wir können uns einen ausleihen. Und wenn es nicht anders geht, trage ich dich.«

Der Weg mäandert zwischen schwarzen Felsen hindurch. Er führt immer nach Norden. Über dem Meer liegt ein saphirblauer Dunst. Die

Meeresoberfläche ist von einer schmerzlichen Einsamkeit. In der Ferne ragt ein Leuchtturm in den Himmel. Es ist still.

Sie blickt auf die leicht vornübergebeugte Gestalt Fynns. Seine Hände halten die Deichsel des Karrens umklammert. Emelie sitzt auf der mit Decken ausgelegten Ladefläche. Sie hat das Gefühl, als würden sie langsam in ein Bild gehen. Und jemand würde dieses Bild, deren Mittelpunkt ein Junge und ein Mädchen mit einem alten Fischkarren waren, betrachten.

Einmal dreht sich Fynn um. Er lächelt im gleichen Atemzug wie sie.

In diesem Augenblick wird ihr klar, dass sie gar nicht das Glücklichsein an sich wollte. Sie wollte nur einen Grund zum Glücklichsein. Das Glück stellt sich dann selbst ein. Und der Grund zum Glücklichsein, der stellt vielleicht überhaupt den Sinn des Lebens dar. Es ist ganz leicht, das zu denken. Alles wird dann zu einem Bild.

Sie sieht auf ihre Hände. Die Haut ist vor Kälte ganz blau. Sie sehen aus wie halb mumifizierte Reptilien.

Und wie soll man dann mit Krankheit und Tod umgehen? Was ist mit dem Unangenehmen? Dem Hässlichen? Dem Scheitern? Sie versucht, sich an ein Gespräch mit Solveig zu erinnern.

Entscheidend ist, hatte Solveig damals gesagt, ob einem das Leben insgesamt bejahenswert erscheine. Das Schöne sei so eine Art Leitstern, nach dem man sein Leben orientieren könne. Jede Wahrnehmung, die auf den Sinn des Lebens, der nun einmal das Schöne sei, gerichtet ist, kann Hilfe geben. Man lernt zu akzeptieren, was nicht zu ändern ist.

Merkwürdig, dass ihr das erst jetzt einfällt.

In ihrem Portemonnaie bewahrt sie einen Zettel auf, den Solveig ihr damals gegeben hatte. Während der Karren über den Küstenpfad rumpelt, zieht sie mit ihren klammen Fingern das Portemonnaie aus ihrer Jackentasche. Sie sucht in den Fächern nach dem Zettel. Er ist zu einem winzig-kleinen Stück Papier zusammengefaltet.

Mühsam öffnet sie ihn. Sie muss das Papier weit von sich halten. Erst dann kann sie die Schrift entziffern.

Wer ein Warum zu leben hat, der erträgt fast jedes Wie.

Friedrich Nietzsche

Das Warum: Ist das der Tod? Oder ist es Fynn?

Sie sieht auf. Ja, es ist wirklich so, als hätte sich ein Bild geöffnet. Sie waren einfach durch die Leinwand geschlüpft. Feuchtglänzende Moossteine vor dem Tiefseeblau des Nordmeers. Ein heller Lichtspalt fällt vom Himmel auf die Erde. Es gibt keine Laute. Keine Stimmen. Der

Himmel ist ein Flügelfenster vor dem Morgen. Oder vor dem Abend. Alles scheint möglich.

Fynns Stimme. Seine weit ausholenden Gesten, wenn er ihr etwas zu erklären versucht. Der eisblaue Horizont. Später, die Stille der mittäglichen See an der Landzunge Höfdi. Die Klippen voller noch leerer Vogelnester. Ihre Blicke, dem Meer zugewandt: die Unendlichkeit.

Fynn hält sie in seinen Armen, direkt über dem Luftzug, der aus der Tiefe steigt. Ganz kurz denkt sie: Spring doch. Spring! Dann ist wieder alles ganz still in ihr. Hinter ihnen die Kirche von Höfdi. Ein verflimmernder Schatten im Licht des Nordmeers.

»Zwei Kilometer«, sagt Fynn. »Stell dir vor, wir sind erst zwei Kilometer gelaufen. Sieh nur, wie anders hier alles ist. Einfach alles.« Er verstummt. Seine Augen füllen sich mit Tränen.

Das Bild, denkt sie, das Bild.

Fynn zieht den Karren weiter. Den Rest des schmaler werdenden Pfades nach Hraunhafnartangi trägt er Emelie auf seinem Rücken. Der Leuchtturm. Dunkle Steine, die an den Ort denken lassen, den es hier im Mittelalter einmal gegeben hatte. Fynn zeigt auf den Himmel über dem Wasser. »Nur noch drei Kilometer bis zum Polarkreis.«

Polarkreis … oder *Arctic circle*, wie es auf der Karte steht. Sie schmeckt das Wort zwischen ihren Lippen.

Alles, was sie sagen und tun, befindet sich in einer merkwürdigen Schwebe.

Fynn sitzt am Meer. Er sitzt in einer Welt aus Steinen und Gras und Himmel. Emelie kauert neben ihm auf dem Rand des Karrens.

»Alles ist gut. Alles. Der Mensch ist unglücklich, weil er nicht weiß, dass er glücklich ist. Nur deshalb. Das ist alles. Wirklich alles. Wer das erkennt, der wird glücklich sein, sofort, im selben Augenblick.« Er sieht sie an. »Ich weiß nicht mehr, wer das gesagt hat. Ich habe es mir mal aus einem Buch abgeschrieben. Und hier, hier muss ich daran denken.«

»Ja«, sagt sie. Vorsichtig legt sie ihre Hand in die Handinnenfläche von Fynn. Was würde ich tun, wenn ich mein Leben noch einmal leben könnte, denkt sie. Sie kommt nicht weiter als über diesen Moment hinaus. Vielleicht: Ich würde versuchen, mehr solcher Augenblicke zu haben. Das Leben besteht nur aus solchen Augenblicken. Es gibt nichts anderes. Von der Welt entrückt sein. Zu beobachten, wie still und leer es in einem selbst wird. Das weiße Licht der Frühe. Mit jedem Schritt eine Spur zu hinterlassen auf dem tauglitzernden Boden. Dem Frühnebel über dem Wasser zuzusehen. Daran zu denken, dass dahinter eine andere Welt liegt. Die Augen zu schließen vor so viel Schönheit. An nichts mehr zu denken. An nichts.

Am Nachmittag steigen sie in das Auto. Bis heute denkt Emelie immer noch, dass die Straße dort endet, wo man aussteigt. Die Linien und Bezeichnungen auf den Straßenkarten erscheinen ihr wie überflüssige Abstraktionen. Sie haben nichts mit der Wirklichkeit zu tun.

Und doch ist es das gleiche grausilbrige Band, das sich hinter Raufarhöfn als Straße noch ein Stück weiter nach Norden schlängelt, um dann in südwestlicher Richtung allmählich die Ebene Melrakkasletta zu umrunden.

Fynn erzählt ihr, dass hier in einigen Wochen Tausende von Vögeln nisten würden. Kleine Seen und Tümpel schimmern aus den verwischten Umrissen des Graslandes. Sie fahren an aufgegebenen Höfen vorbei. Manchmal durch kleine Weiler. An zwei Stellen passiert die Straße das Meer.

Emelie denkt, dass das alles nichts mehr mit ihr zu tun haben wird. Die Jahreszeiten. Das Wetter. Die Veränderungen der Landschaft. Die Nachrichten des Tages. Wie die kleinen Vögel groß werden und dann fortfliegen. Auch das mag sie an Fynn. Dass er immer alles so betrachtet, als gäbe es keine Beschränkung durch die Zeit.

In Sandvik halten sie. Lange schauen sie auf das Meer. Niemand sagt etwas. Immer wieder fallen Emelie die Augen zu. Es fällt ihr schwer, dem Bedürfnis nach Schlaf nicht nachzugeben.

Sie fahren weiter.

Kurz vor Kópasker setzt der Motor des Ford aus. Die Straße ist abschüssig. Die Bremse blockiert. Der Wagen rollt weiter. Vergeblich versucht Fynn, ihn mit der Handbremse zum Stehen zu bringen. Der Ford ist zu schwer. Die Straße hat ein leichtes Gefälle. Sie touchieren einen Leitpfosten. Warum lenkt er ihn nicht einfach nach rechts?

Ein Unfall, denkt Emelie, ein wirklicher Unfall. Vielleicht wäre das sogar viel besser. Wegen ihrer Mutter. Wegen der Schule. Fynn kann es ja egal sein.

Der Ford wird schneller. Sie hört das merkwürdig vibrierende Geräusch der Reifen auf dem Asphalt. Sie hört Fynn fluchen.

Ihr Herzschlag wird drängender. Schweiß tritt ihr auf die Stirn. Warum? Wovor fürchtet sie sich? Ist das so eine Art Instinkt? Müsste sie nicht vor Glück lachen? Oder zumindest voll freudig gespannter Erwartung sein?

Mühsam hält Fynn den Wagen auf der Straße. Der Ford hat einen fast ebenen Straßenabschnitt erreicht. Anschließend fällt der Straßenverlauf wieder ab.

Fynn reißt das Steuer herum. Das Heck bricht aus. Der Wagen dreht sich einmal um die eigene Achse. Einen Moment lang hat Emelie das Gefühl, sie würden schweben. Und tatsächlich haben die Reifen für den Bruchteil einer Sekunde keine Bodenhaftung mehr.

Ein plötzlicher Schlag. Sie haben einen Weidezaun durchbrochen. Der Wagen schlittert über morastigen, von Schneeresten gesprenkelten Wiesengrund. Mit einem hässlichen Geräusch streift der rechte Kotflügel eine Zinkwanne.

Noch einmal reißt Fynn die Handbremse hoch. Der Ford dreht sich. Ächzend kommt der Wagen zum Stehen.

Emelie sieht ihn an.

»Zu einfach«, sagt Fynn, als würde er ihre Gedanken erraten. »Es wäre zu einfach gewesen.«

»Wieso sollte es nicht einfach sein? Wieso muss alles immer so kompliziert sein? Selbst das Ende.«

»Das war nicht geplant, verstehst du? Du machst das einfach aus so einer Art Instinkt heraus. Du denkst nicht darüber nach.«

»Es geht also einfach immer weiter.« Emelie sagt das ohne Vorwurf.

»Nein.« Fynn schüttelt den Kopf. »Aber es darf dich nicht so einfach überrumpeln.«

»Tut es das nicht immer?«

Fynn öffnet die Wagentür. »Ich schau mal nach dem Wagen.«

Auf einem Plateau steht ein Mann mit einem Fernglas. Er beobachtet sie. Emelie möchte es Fynn sagen. Doch als sich Fynn wieder hinter das Steuer setzt, ist das Plateau leer. Fynn dreht den Zündschlüssel im Schloss. Der Motor bleibt stumm.

***

Fjalla erzählte mir, dass er die beiden schon von weitem gesehen hatte. Der Ford war mir am Morgen aufgefallen, sagte er, als ich durch Raufarhöfn gefahren bin. Im April sind nicht so viele Touristen hier. Ist noch zu früh. Schon gar nicht mit so einem Auto. Ein Ford Granada MK2 Welsch. Ein ehemaliger Leichenwagen. Ich war mir sicher, den Wagen gestern schon einmal gesehen zu haben.

Der Diesel ging plötzlich aus. In dieser Landschaft hörst du alles. Auch die Geräusche, die vorher da waren. Und die, die auf einmal nicht mehr da sind.

Der Wagen wurde immer schneller. Schaffte gerade so die Kurven in voller Fahrbahnbreite. Ein Dreher, dann walzte er den Weidenzaun nieder und kam direkt vor dem zugefrorenen Weiher zum Stehen.

Wie viele da noch im Auto saßen und ob jemandem etwas passiert war, konnte ich aus der Entfernung nicht sehen. Also bin ich runter.

Fjalla hat die beiden hierhergebracht, zu mir. Das war am 5. April. Da waren sie erst zwei Tage auf der Insel. Fjalla ist mein Vermieter. Seit

Ende März wohne ich in einer der Blockhütten, die er an Touristen vermietet.

Ich bin kein Tourist. Ich bin Fotoreporter.

Ich habe später oft darüber nachgedacht, ob es richtig war, ihnen die alte Torfhütte Fjallas bei Tunguvellir zu überlassen. Fjalla hat versucht, das Auto zu reparieren. Aber ohne Ersatzteile war da nicht viel zu machen. Der Ford steht noch immer in Húsavik auf dem Gelände einer kleinen Werkstatt. Wenn ich dort vorbeifahre, fühle ich jedes Mal einen Stich im Herzen. Ich hatte den beiden gesagt, dass sie die Hütte nutzen könnten, solange die Reparatur dauere. Dass sie im Hotel *Nordurljós* wohnten, wusste ich nicht.

Fjalla hatte die Torfhütte mit dem Notwendigsten ausgestattet. Für eine Weile konnte man dort leben.

Später, als ich ihre Aufzeichnungen fand, wurde mir klar, dass sie weder das Geld für eine kostspielige Reparatur noch einen längeren Hotelaufenthalt hatten. Die Hütte musste ihnen also gelegen kommen.

Ich war nur einmal da, um sie zum *Sumardagurinn fyrsti* einzuladen. Jahr für Jahr begrüßen die Isländer am dritten Donnerstag im April den Frühling. Für sie ist das der erste Sommertag.

Aber ich habe niemanden angetroffen. Auch Fjalla, den ich bat, ab und zu mal nach dem

Rechten zu sehen, hat nie jemanden in der Hütte gesehen. Es war, als wären sie niemals hier gewesen.

16.

Emelie, meine Tochter

DIE OFFENBARUNGEN UNSERES wahren Wesens tauchen in einem Moment auf, in dem wir sie nicht erwarten. Sie tauchen plötzlich, im Alltag, auf, aber immer in Verbindung mit einem Menschen oder einem Ort.

Fynn hat immer gedacht, die Schönheit der Welt sei dazu bestimmt, uns die tragische Kürze unseres Lebens vergessen zu machen. Seit er Emelie begegnete, braucht er keine Erinnerung mehr, um sich in den größtmöglichen Glückszustand zu versetzen. Dieser Zustand ist einfach da, wenn er mit ihr unterwegs ist. Wenn er ihr zuhört. Wenn er sie nur ansieht.

Manchmal hat er das Gefühl, in ihr seine Schwester wiedergefunden zu haben. Der Brief seiner Tante fällt ihm ein. Alles ist wahr, denkt er. All das fährt ihm durch den Kopf, während er noch in dem havarierten Ford sitzt.

Fynn hat die Straße noch gar nicht erreicht, als ihm Fjalla mit seinem Pick-up entgegenkommt. Der Mann vom Plateau. Er schleppt den Ford nach Húsavík zu einer Werkstatt. Als klar wird, dass der Wagen hier nicht repariert werden kann, nimmt er die beiden mit nach Hause.

Fjalla spricht nur gebrochen Englisch. Die

Verständigung ist nicht leicht. In seiner Hilflosigkeit fährt er mit ihnen zu seinem ersten Mieter in dieser Saison: Ben Reemdron. Eigentlich ist Ben sein direkter Nachbar. Nachbar, das heißt in Island zwei, drei Kilometer Entfernung. Ein Haus, das irgendwo auf einer Anhöhe oder in einer Senke auftaucht. Als wäre es gestern noch nicht da gewesen und morgen wieder verschwunden.

Ben sei Deutscher und Fotograf, erzählt Fjalla ihnen mit Händen und Füßen. Bis der Ford repariert sei, könnten sie in Fjallas alter Torfhütte auf Tjörnes bleiben. Fjalla sagt *auf Tjörnes*, als sei dieser Landstrich am Öxarfjord eine Insel.

Fjalla fährt sie nach dem Besuch bei Ben hin. Er verspricht, hin und wieder mal nach dem Rechten zu sehen.

Der erste Morgen vor der Hütte. Langsam lichtet sich der Nebel über dem Fjord. Schräg fallen die Sonnenstrahlen auf das dampfende Wasser. Nicht einmal das Astwerk der noch kahlen Sträucher rührt sich. Das Nordmeer erstirbt in Stille. Einer Stille, die die Erinnerung an eine Zeit bewahrt, in der wir noch nicht existierten.

***

Sie müssen bis zum letzten Tag geschrieben haben.

248

Am Morgen des 21. April habe ich die Hütte noch einmal aufgesucht. Mein Herz schlug mir vor Aufregung bis an den Hals. Ich hatte Angst vor dieser Begegnung. Ich wollte sie zum *Sumardagurinn fyrsti* abholen.

»Hallo, ich bin es, Ben, macht euch fertig und kommt mit!«, rief ich.

Überall auf der Insel feierte man den ersten Sommertag. Und wirklich, es war ein klarer Tag unter einem kalten blauen Himmel. Das Wasser spiegelte das hohe Licht. Auf eine Weise, die von etwas Unveränderlichem erzählte.

Die Tür zur Hütte stand auf. Ich rief.

Niemand antwortete.

Ich betrat den Raum. Auf der Herdplatte stand ein Topf mit Wasser. Der kleine Holztisch war für zwei Personen gedeckt. Ein kleiner Miniatursarg lag am Tischrand. Daran lehnte die zerknitterte Fotografie einer sehr schönen Frau.

Im Morgendämmer des hinteren Raums waren die zusammengeschobenen Feldbetten zu erkennen. Die Schlafsäcke lagen aufgerollt am Fußende. Kleidungsstücke hingen an der Garderobenleiste hinter den Betten. Es wirkte, als hätten die Bewohner nur einen Ausflug gemacht. Die Dinge warteten auf ihre Rückkehr.

Ich wollte mich gerade zum Gehen wenden. Mein Blick fiel noch einmal auf die Schlafsäcke. Aus den Kopfteilen ragte etwas aus dem Reißverschluss. Das konnte kein Zufall sein. Aus beiden Schlafsäcken zog ich eine Art Kladde. Ich trat mit den Heften im Arm vor die Hütte. Die Seiten waren dicht beschrieben. In allen Kladden waren die Seiten nummeriert. Die Einträge waren mit Zeitangaben, Daten und Uhrzeiten und meteorologischen Notizen versehen. Ich blätterte die Seiten durch.

Die Handschriften waren von einer schnörkellosen Schönheit, klar und wie aufeinander zulaufend. Die Schrift schien sich auf den letzten beschriebenen Seiten immer ähnlicher zu werden:

Ich sehe auf die Fotografie in meiner
Handinnenfläche.
Fühlt man es, bevor man stirbt?
Das heißt, sie hat niemals aufgegeben.
Warum sagst du nichts mehr?
Ich höre dir gern zu.
Wollen wir zurück?
Weil ich schon tot bin.
Fynn, Fynn!
Sind wir nicht mehr am Atlantik?
Und dann?

Was ich in meinen Händen hielt, schien eine Art Tagebuch zu sein. Ich setzte mich auf die Steinbank vor der Hütte und sah auf das Meer.

Ich musste an meine erste Begegnung mit Emelie denken. Emelie war meine Tochter. Etwas in mir wiederholte diesen Satz immer wie-

der. Doch es war, als würde er mich nicht erreichen.

***

»Fynn, warum sind wir hier?«

Das Wasser spiegelt das hohe Licht. Sie sitzen
in Decken eingehüllt auf der Steinbank vor der
Hütte. Vor sich auf dem Boden die Reste eines
Frühstücks.

Das Grasdach schimmert feucht. Fynn antwortet lange nicht. Dann sagt er: »Vielleicht,
weil es so sein soll. Vielleicht hat dieser Ort viel
mehr mit uns zu tun, als wir wissen können.«

Emelies Körper wird von einem Hustenanfall
geschüttelt. Sie fühlt sich zu schwach für eine
Entgegnung.

Letzte Nacht hat sie Fynn gesehen, wie er
beim Schein seiner kleinen Schlüssellampe das
Foto seiner Mutter betrachtete. Sie weiß, dass er
gestern auf dem Friedhof gewesen sein musste.
Er war nach Raufarhöfn getrampt, um ihre Sachen zu holen. Es war bereits dunkel, als er zurückkehrte.

Emelie lag allein auf dem Feldbett. Sie wunderte sich, keine Angst zu haben. Da war nur das
Rauschen der Brandung. Der Wind, der sich an
den Wänden der Hütte zu flüsternden Stimmen
fing.

Und dann war Fynn wieder da. Er sprach

nicht. Die Traurigkeit machte seine Augen still und leer.

»Eigentlich«, sagt Fynn, »wollte ich dir doch die ganze Insel zeigen. Aber jetzt ...«

»Was ist mit deiner Tante? Ich meine die, die dich eingeladen hat. Du hast mir doch von dem Brief erzählt. Wohnt sie nicht mehr hier?«

Fynn schüttelt den Kopf. »Ich möchte sie nicht sehen.«

»Für mich ist dieser Ort hier mehr als die ganze Insel. Und Fjalla und dieser Mann, dieser Ben, sie waren so freundlich. Wir hätten doch sowieso nicht mehr lange in dem Hotel bleiben können. Du hättest mir ruhig sagen können, dass wir nur noch so wenig Geld haben, Fynn.«

»Ich konnte noch nie mit Geld umgehen. Das ganze Geld meines Onkels ist nur dafür draufgegangen, Schulden zu bezahlen. Und keine Sorge: Unsere Vorräte reichen die nächsten Monate. Bis zu deinem Geburtstag. Mir tut jetzt noch alles weh vom Schleppen.« Fynn sagt ihr nicht, dass sein ursprünglicher Plan sowieso vorsah, die Nächte im Auto zu verbringen.

Die nächsten Monate. Wie merkwürdig sich das anhört. Emelie blickt auf. Zinnfarben liegt das Meer an diesem Morgen unter einem eisblauen Himmel.

Fynn fragt sie: »Warum hast du diesen Mann, diesen Ben, immer so angesehen?«

252

»Ich weiß nicht«, antwortet Emelie. »Er hat mich an jemanden erinnert. An jemanden, dem ich vor langer Zeit begegnet sein muss. Ich kann mich nicht mehr erinnern.«

»Der Mann war ganz schön erschrocken, als er dich gesehen hat. Ich meine, irgendwie anders erschrocken als die anderen. Wenn du verstehst, was ich meine. Er hat sogar angefangen zu stottern.«

»Ja«, sagt Emelie.

***

Fjalla stand mit den beiden plötzlich vor der Tür. Es war ihnen sichtlich unangenehm, mit ins Haus zu kommen. Als ich Emelie sah, fiel mir das Buch, mit dem ich an die Tür gekommen war, aus der Hand. Ich sah sie, und ich begriff alles.

Emelie war drei Jahre alt, als ich sie und ihre Mutter verlassen hatte. Sie musste jetzt bald siebzehn sein. Das wäre an sich schon ein kleines Wunder. Nichts erinnerte an das kleine Mädchen, dem ich in jener Regennacht vor über dreizehn Jahren ein letztes Mal zärtlich über das Gesicht gestrichen hatte. Nichts, außer der Farbe und dem Blick ihrer Augen.

Ich wusste sofort, dass sie es war. Ihre Mutter hatte mich vor einigen Tagen angerufen. Zum ersten Mal seit jener Nacht. Also musste sie ziemlich verzweifelt sein. Und ich wusste, dass Emelie nicht zu Hause bei ihrer Mutter war.

Sie schien in der Tat völlig aufgelöst. Sie erzählte mir, dass Emelie in all den Jahren niemals aufgehört hätte, nach ihrem Vater zu fragen. Sie habe alle Fotografien von mir in Zeitschriften und Magazinen aufbewahrt.

Eine Entschuldigung murmelnd bin ich in die Küche gegangen. Ich habe Tee gemacht. Der Einfall mit der Hütte kam mir während des Gesprächs. Fjalla hatte mir selbst die alte Torfhütte am Öxarfjord zu einem günstigen Preis überlassen. Manchmal wartete ich dort schon früh morgens oder ganz spät am Abend auf das richtige Licht.

Ich hatte bereits schon zwei Sommer dort oben gelebt. Das Buch, an dem ich damals arbeitete, ist nie fertig geworden. Aber davon sagte ich ihnen nichts.

Sie saßen etwa eine Stunde bei mir. Ich wagte kaum, Emelie anzusehen. Emelie kam mir vor wie ein Wesen, wie … als ob sie einer Welt aus Steinen und Meer entstiegen wäre.

Ich war ja nicht zufällig nach Island gekommen. Dieser Insel aus Eis, Feuer, Wind und Meer. Aber Emelie war meine Tochter.

Ihre Augen blickten unruhig, vielleicht ängstlich. Doch in ihnen war ein strahlender Glanz. Es war unmöglich, ihr Alter auch nur zu schätzen. Sie sprach nur wenig. Vielleicht war sie auch

irritiert, dass ich an ihrem Aussehen keinen An-
stoß nahm. Ich sah sie an, wie ein Vater seine
Tochter ansehen würde.

Ich war vor Jahren einmal einem Jungen mit
Progerie begegnet.

Emelie sagte selbst, dass sie bald siebzehn
werde. Ich wusste auch so, dass sie nicht mehr
lange zu leben hatte. Als die Diagnose damals
kam, hatte ich alles gelesen, was man zu der Zeit
über die Krankheit wusste.

Es war hauptsächlich Fynn, der sprach. Er erzählte von der Reise. Warum sie hier seien. Von
seiner Mutter. Wie er an das Auto gekommen
war. In was für einem Verhältnis er zu Emelie
stand, sagte er nicht.

Es ist merkwürdig, sich jetzt, nachdem ich die
Aufzeichnungen der beiden gelesen habe, an all
das zu erinnern.

Bevor Fjalla sie zur Hütte fuhr, sah mich
Emelie an, als ich ihr den Schlüssel in die Hand
legte. »Sie sehen traurig aus«, sagte sie.

Nach allem, was ich jetzt weiß, war es dieser
Satz aus ihrem Mund, der mir am deutlichsten in
Erinnerung geblieben ist.

Ich sah ihnen nach, wie sie zu Fjalla in das
Auto stiegen. Ich nahm mir vor, es ihr zu sagen.
Ich wollte ihre Mutter anrufen und ihr sagen,
dass Emelie bei mir war.

Ich tat nichts.

Bis zum Morgengrauen des nächsten Tages

saß ich in einem Sessel am Fenster und weinte. Es war das letzte Mal, dass ich die beiden zusammen gesehen habe.

***

Emelie hat nicht mehr das Gefühl, die Kontrolle über ihren Körper zu haben. Fynn trägt sie bei ihren Ausflügen zum Strand oder zu den Gipfeln der nahen Hügel auf den Schultern. Besorgt fragt sie ihn nach den Zumutungen dieser Spaziergänge.

Er betont immer wieder, wie federleicht sie sei.

Die Stunden mit Fynn erscheinen ihr als eine Folge von Augenblicken. Diese Augenblicke sprengen die Umrisse der Zeit. Hier oben am Nordmeer ist das Licht wie eine Hand, die über sie streicht, um sie zu beruhigen. Immer öfter kann sie dann nicht mehr zwischen Traum und Wirklichkeit unterscheiden.

Einmal sitzen sie auf einem Felsvorsprung, nur wenige hundert Meter von der Hütte entfernt. Fynn berührt sie nur ganz leicht an der Schulter. Seine ausgestreckte Hand führt ihren Blick.

Rentiere ziehen durch die winterdürre Grasebene. Wie in Zeitlupe verschwinden sie. Ihre Silhouetten erzittern in einem Sattel aus schwachem Licht.

Sie verbringen nur wenige Stunden außerhalb der Hütte. Unaufhörlich füttert Fynn den Kaminofen. Die meiste Zeit schläft Emelie. Sie verschweigt Fynn ihre immer häufiger auftretenden Herzattacken.

Längst kann sie keine zehn Schritte mehr laufen. Sie gerät sofort außer Atem. Sie weiß nicht, wie lange ihr das FTI und die anderen Medikamente noch helfen werden.

In der Hütte gibt es keinen Spiegel. Zuletzt hat sie ihr Antlitz im Auto gesehen. Ihre Venen werden unter der Haut immer deutlicher sichtbar. Die Haut scheint nur noch aus Altersflecken zu bestehen. Ihr Kopf ist voller hellblauer Adern. Sie spürt, dass sie zunehmend an Gewicht verliert.

Manchmal kehren die immer gleichen Gedanken, die sie früher am Einschlafen hinderten, zurück.

Vier bis acht Millionen Geburten. Ein Kind mit einer Mutation im Gen. Warum ich? Warum altere ich fünf- bis zehnmal schneller als andere Menschen?

Solche Gedanken. Es sind nur Momente, in denen sie Fragen dieser Art hat. Es sind Momente, die ihr Angst machen.

Sie hatte sie überwunden geglaubt. Wenn sie die Augen schließt, um zu schlafen, hört sie die Melodie, die das sterbende Mädchen neben dem Autowrack gesummt hatte.

***

Vielleicht habe ich Emelie und Fynns Geschichte nur aufgeschrieben, weil ich ihre Tagebücher hatte. Vielleicht wollte ich der Frage nach dem Warum näherkommen. Vielleicht wollte ich etwas wiedergutmachen, was niemals wiedergutzumachen war.

Es war meine Agentin von der Fotoagentur, Jeanne, die mir half, diese Frage zu beantworten.

Es ist egal, worüber du schreibst. Ob einer Frau das Herz bricht. Oder ein Mann seine letzten Illusionen verliert. Oder ein anderer sich von allem verabschiedet, was ihm einmal wichtig war und er sich allein aufmacht auf den Weg in eine ungewisse Zukunft. Du kannst die Namen und die Gesichter der Figuren und die Orte, in denen sich ihr Leben ereignet, austauschen. Das spielt keine Rolle. Es geht allein um die Wahrheit einer Geschichte. Selbst im Augenblick der Erfindung kann man die Wahrheit sagen.

Ich traf Jeanne ein Jahr nach meiner Begegnung mit Emelie und Fynn in einem Café im Berliner Wedding. Es war ein verregneter Aprilnachmittag.

»Die Geschichte ist also wahr?«, fragte sie mich gerade heraus. Vor ihr auf dem Tisch lag das Manuskript.

»Wenn man so will: Ja. Ich habe Ihnen doch von den Tagebüchern erzählt.«

258

»Dürfte ich sie mal sehen?«

Ich zog die Schultern hoch. »Ich denke nicht, dass das wichtig ist. Außerdem habe ich die Kladden nicht hier.«

»Emelie muss eine bemerkenswerte Persönlichkeit gewesen sein.«

»Das war sie. Ich kenne außer ihr keine andere Sechzehnjährige, die solche Gedanken geäußert hat. Fynn hat eher den deskriptiven Teil, ich meine den Reiseverlauf und die Geschehnisse festgehalten, während sich bei Emelie alles in Reflexion verwandelte. Manchmal sind Kinder die wahren Erwachsenen.«

Um Jeannes Mundwinkel spielte ein nachdenkliches Lächeln. »Warum haben Sie Emelie und ihre Mutter damals verlassen?«

***

»Überraschung!« Fynn hockt neben ihrem Feldbett. Fast scheu streicht er Emelie über den kahlgewordenen Kopf. Noch immer fürchtet er, sie könne eines Tages einfach verschwunden sein. Wie all die anderen.

»Was für eine Überraschung? Ich habe doch erst … erst im August Geburtstag.«

»Ich weiß.« Fynn legt die Hand unter ihren Nacken. Er hilft ihr, sich aufzusetzen. »Zieh dich an. Ich bring dich zum Strand. Es gibt etwas, das ich dir zeigen muss.«

Reste zerfallener Gebirge. Schwarz glänzende Felsdome. Zu Stein erstarrte Wellen ragen zwischen der Brandung auf. Echo des Meeres, rollen die Wellen über die Kiesel dunkler Strände. Unter dem flachen Morgenhimmel steckt der Leuchtturm von Háey wie eine Spiegelscherbe im Meer. Vorbei an bizarren Lavaskulpturen und einsamen Tafelbergen hat sie Fynn durch das Hochland getragen. Die Muskeln seines Oberkörpers zittern unter dem Stoff seiner Jacke. Vorsichtig setzt er sie auf einem Felsen am Wellensaum ab. Unter der Kapuze verschwindet Emelies Gesicht fast im salzigen Licht.

Der Himmel ist blau und weiß und grau und vom Nordwind ganz durchleuchtet.

»Warte hier!« Fynn läuft über den schwarzen Strand. Er springt von Felsblock zu Felsblock. Manchmal bückt er sich. Einmal bleibt er stehen. Er blickt auf das Meer. In seinem Regencape sieht er aus wie eine Frau, die am Ufer auf etwas wartet. Emelie verliert ihn aus den Augen.

Schwer atmend steht er wenig später vor ihr. Sie weiß nicht, wie viel Zeit vergangen ist. Die Zeit fällt durch das Meer und den Himmel. Ein unsichtbarer Magnet scheint sie zum Stillstand zu bringen.

»Schließ die Augen«, bittet Fynn Emelie.

Emelie presst die Hände fest auf ihre Lider. Es schmerzt.

»Gut. Und jetzt öffne sie wieder.«

260

17.

Ein Wesen aus Zeit

»ICH HATTE ANGST. Schreckliche Angst. Angst zu sehen, wie mein Kind vor mir stirbt. Angst davor, nicht mit dieser grausamen Krankheit umgehen zu können. Ich wollte meinen Beruf nicht verlieren. Meine Unabhängigkeit«, antwortete ich, zu Jeanne gewandt. Wir saßen noch immer in diesem Café.

»Ich hab einfach mal ein bisschen gegoogelt. Daher weiß ich auch, dass Sie Ihre Eltern bei einem Verkehrsunfall verloren haben. Sie waren gerade achtzehn. Hätten Sie nicht wissen müssen, was es heißt, keine Eltern mehr zu haben? Hatten Sie nie das Bedürfnis, Ihre Tochter zu sehen?«

Genervt zündete ich mir eine Zigarette an. »Ich dachte, Sie sind Agentin für Künstler. Oder sind Sie so eine Art Therapeutin, oder was?«

»Nein. Ich bemühe mich immer, einer Geschichte auf den Grund zu gehen. Woher sie kommt. Warum sie geschrieben wurde. Ob es Parallelen gibt zu Dingen, die wirklich passiert sind. Rauchen verboten.«

Ich versuchte, das Zittern meiner Hände zu verbergen.

Jeanne schlug vor, nach draußen unter die Markise zu gehen.

Dankbar nahm ich ihren Vorschlag an. Zu meiner Überraschung bat sie mich um eine Zigarette.

»Die Wahrheit ist: Ich habe meine Tochter seit ihrem dritten Lebensjahr nicht mehr gesehen. Bis zu diesem Apriltag auf Island. Es gibt keinen einzigen Tag in meinem Leben, an dem ich nicht daran gedacht hätte, wie es wäre, sie zu sehen. Das ist die andere Wahrheit. Aber ich war zu feige. Ich bin ein egoistisches Arschloch. So hat es Emelies Mutter formuliert. Aber Arschlöcher schreiben nun mal die besten Bücher. War doch immer so, oder?« Ich versuchte ein schiefes Lächeln.

»Nicht wirklich. Das sagt Ihnen vermutlich nur Ihr schlechtes Gewissen.«

»Vermutlich.« Ich streckte meine Füße in den Regen. Zum ersten Mal sah ich Jeanne länger an. Ich konnte das einfach nicht, Leute länger ansehen, wenn ich gerade eine Geschichte oder ein ganzes Buch schrieb oder an einer Fotoreportage arbeitete. Ich kam mir unglaublich nackt und hässlich vor. Außerdem wurde ich das Gefühl nicht los, dass mich alle nur anstarrten.

»Jedenfalls haben Sie nicht ganz unrecht mit Ihren Vermutungen. Ist wohl auch besser, diese, nun ja, Parallelen einzuräumen. Nennen Sie es ruhig ›schlechtes Gewissen‹. Das schützt vor Mystifikationen aller Art.

Jemand hat mal gesagt, Literatur fängt da an,

wo einer sich fragt, wer spricht in mir, wenn ich spreche.«

Jeanne sah mich an. Es war wirkliches Interesse. Keine berufliche, auflagenfixierte Neugier.

»Nur deshalb habe ich das Buch ja auch schreiben können.«

»Und was ist mit dem Brief, den Sie Emelie geschrieben haben?«

»Emelies Mutter hat ihn vernichtet. Es gibt keinen Brief.«

»Was ist mit dem Ende des Buches?«

Flüchtig streifte ich ihren Blick. »Was soll damit sein?«

»Ich meine, irgendetwas stimmt daran nicht.«

»Ich könnte sagen: Ein Roman ist niemals fertig. Wir können ihn nur im Stich lassen. Einfacher: Niemand von uns weiß, was wirklich passiert ist. Niemand von uns war dabei. Ich meine, was ist mit den Monaten bis zu ihrem Geburtstag? Ich kann es Ihnen nicht sagen. Ich weiß es einfach nicht. Ich werde Ihnen die Geschichte zu Ende erzählen. So wie ich sie mir vorstelle. Für Emelie.«

»Oder so, wie sie die beiden aufgeschrieben haben?« Jeanne neigte ihren Oberkörper etwas nach vorn. »Deshalb meine Frage nach diesen Kladden.«

»Hm. Stelle ich mir schwierig vor, das eigene Sterben zu beschreiben. Außerdem — ich habe noch mit niemandem darüber gesprochen — bin ich Emelie noch einmal begegnet. Das war kurz vor ihrem … Verschwinden. Nehmen Sie das einfach als vorläufiges Ende.«

»Gut. Dann erzählen Sie!«

***

Emelie öffnet die Augen. Die Luft flimmert. Ihr wird ein wenig schwindlig vom plötzlichen Augenaufschlagen.

Fynn hat seine Handflächen ausgestreckt. Auf den offenen Handinnenflächen liegt eine Muschel.

Emelie lächelt. Über ihre Wange läuft eine Träne. Für einen Augenblick spürt sie keine Kälte. Keine Erschöpfung. Keinen Schmerz. Nichts.

»Ist es das, wonach du gesucht hast?«

Emelie nickt. Für einen Moment scheint ihr Leben rückwärts zu laufen. Sie hätte es aber nicht beschreiben können. Das Erzählen hängt an der Zeit, das Erzählte nicht.

Ihre Hände streichen über die Schale der Muschel. Sie legt das Lebewesen an ihr Ohr. Es atmet kühl und feucht.

Das Glück ist unerträglich.

***

Ich hatte Emelie und Fynn versprochen, sie auf Tjörnes zu besuchen. Bei meinem zweiten Besuch traf ich Emelie allein in der Hütte an. Das war am 30. April. Fynn war wohl nach Húsavik zum Einkaufen gelaufen.

Sie schlief. Vor ihr auf der Decke lag ein Buch und ein Stift.

Ich räusperte mich.

Emelie schlug die Augen auf. Sie freute sich, mich zu sehen. Sie schien sehr schwach zu sein.

Ich war ihr behilflich, Teewasser aufzusetzen. Wir setzten uns dann vor die Hütte auf die Felsbank.

Ich fragte sie, wie es ihnen hier gefalle. Wie sie die Tage zubrächten. Wie es ihr gehe. Ich deutete an, ihre Krankheit zu kennen.

Sie erzählte mir freimütig, wie es stand. Wir kamen dann rasch auf den Tod zu sprechen. Ich erzählte ihr, ohne nachzudenken, von einem Freund, den ich an den Krebs verloren hatte. Ich war zu feige, ihr die Wahrheit zu sagen.

»Ich glaube nicht, dass es der Tod ist, der uns Schrecken und Unruhe einflößt. Es ist der Vorgang des Sterbens an sich. Ich war die letzten Stunden bei meinem Freund im Krankenhaus. Die Todesangst, von der man so viel spricht, ist eigentlich eine Angst vor dem Sterben. Seitdem ich das erlebt habe, wünsche ich mir, wie das mal ein Dichter so schön gesagt hat, *schnell und unbewusst wie die Gestirne zu erbleichen.*«

Ich wendete mich zu ihr. Emelie sah auf das Meer.

»Wir Menschen kennen uns ja gar nicht selbst«, sagte sie mit ihrer leisen, piepsig klingenden Stimme. »Es ist, als ob wir immer nur an der Oberfläche unseres Selbst leben würden. Ich glaube, erst wenn wir sterben, kehren wir in uns ein.

Fynn hat viele tote Menschen gesehen. Er sagt, ihr Lächeln sei so glücklich, dass in jedem Menschen eine starke Sehnsucht erwache, ihnen zu folgen.«

»Ist das Leben nicht das kostbarste Geschenk, das wir besitzen?«

»Das Leben ist in der Tat ein kostbares Geschenk. Doch ich habe oft das Gefühl, der falsche Empfänger zu sein.«

Der Satz traf mich, als hätte mir jemand ein Messer ins Herz gestoßen und würde es dort langsam wenden.

»Emelie, bist du hierhergekommen, um zu sterben?«

***

Die Muschel schwimmt im lichtgrünen Wasser einer Glasschale.

Es ist der Tag vor Emelies Geburtstag. Die Regenschauer klingen ab. Der kühle Wind legt sich.

Fynn trägt Emelies Feldbett auf den kleinen Platz vor der Hütte. Er sitzt bei ihr am Kopfende. Seine Stimme windet sich wie ein schimmernder Faden in ihr Ohr.

Fynn erzählt von der Endlosigkeit schwarzer Strände. Von zu Säulen geformten Basaltwänden. Vom ewigen Eis Islands.

Von der Nacht der Kinder, wenn die Kleinsten die gerade flügge gewordenen verirrten Papageitaucher in Pappkartons aufsammeln.

Von Mondlandschaften mit grünen und schwarzen Seen. Vom Goldenen Wasserfall, in dessen Sprühregen Regenbögen leuchten.

Sie wandert mit ihm in das Hochland. Zu Geysiren und Tafelbergen. Zu den schönsten und höchsten Klippen der Westfjorde.

Sie durchqueren saftig grüne Weiden und schwarze Sandwüsten. Sehen auf Dampf- und Schlammquellen. Zählen die Farben des Meeres. So, als gäbe es ein zweites Leben, in das man jederzeit eintauchen und verschwinden kann.

»Fynn?«

Er sieht auf. Sein Blick ist weit entfernt.

»Kannst du meine Hand nehmen?« Dankbar schlossen sich ihre Finger in seiner Hand zusammen. »Wenn ich dir zuhöre, dann wird alles still. So eine Stille, die so ganz leer ist. Aus der alle Dinge fließen und lebendig werden. Ich kann das gar nicht richtig beschreiben. Diese Stille ist unfassbar. Du kannst sie weder mit dem Verstand noch mit dem Gefühl erreichen. So still muss es sein, wenn man tot ist.«

»Was macht dich da so sicher?«

»Ich muss gerade daran denken, wie ich letzten Herbst einmal die Straße vor unserem Haus entlanggelaufen bin. Ein einzelnes Blatt fiel auf den Weg. Es war gelb. Kein Makel war an ihm. Es war fleckenlos, rein.

Irgendwie erschien es mir so schön in seinem Tod. Alle Blätter dieses Baumes waren noch grün. Der Tod war schon in dem grünen Blatt. Nur in dem gelben Blatt konntest du ihn schon sehen. Er war wirklich da. Er ist immer da, Fynn.«

***

Emelie sah mich an. »Ja, wie Sie, Ben. Übrigens, mein Vater hieß auch Ben.«

Ich bemühte mich, mein Erschrecken zu verbergen. Sie schien nicht auf meine Antwort zu warten. Ich hörte ihr weiter zu.

»Seitdem wir auf dieser Reise sind, weiß ich, dass es nur zwei Möglichkeiten gibt. Entweder ist der Tod ein Zustand völliger Unbewusstheit. Oder er ist eine Veränderung. Beides ist gut. Sterben ist so eine Art Fortreisen. Das weiß ich jetzt. Das hier ist erst der Anfang.«

»Woher willst du das wissen?«

»Ich weiß es einfach«, beharrte sie. »Wenn ein Baum blüht, dann blüht auch der Tod in ihm. Genau wie das Leben. Der Tod kann nur eine

268

Verwandlung sein. Ihr könnt das alles nicht sehen. Weil ihr nicht wisst, wie es sich anfühlt zu sterben. Seitdem ich weiß, dass ich diese Krankheit habe, sterbe ich.« Sie zupfte einen verdorrten Grashalm. Behutsam drehte sie ihn zwischen ihren kleinen, verschrumpelten Händen.

»Eigentlich sind wir im Grunde etwas, das nicht sein sollte. Darum hören wir auf zu sein. Die Natur hat etwas mit mir gemacht, das nicht vorgesehen ist. Ben, wissen Sie, wo Sie herkommen? Nein. Können Sie mir sagen, wohin Sie gehen werden? Nein. Wir kommen aus dem Unbekannten und gehen ins Unbekannte. Ich denke, das Leben ist nur eine kurze Strecke. Für mich war es vielleicht eine besonders kurze Strecke. Die meisten Menschen leben, als gäbe es den Tod nicht. Eigentlich sind sie damit schon gestorben.

Für mich war das anders. Ich habe schon ziemlich bald gewusst, dass mir nicht so viel Zeit zur Verfügung steht.« Erschöpft hielt sie inne.

»Das hört sich an, als hättest du wirklich keine Angst vor dem Tod.«

Emelie schüttelte den Kopf. »Nein.«

»Man sagt, ein Instinkt lässt den Vogel den richtigen Weg finden. Du wirst schon das Richtige tun, Emelie.«

»Warum weinen Sie, Ben?«

Ich hatte Angst, von einem Schmerz überwältigt zu werden, den ich nicht mehr kontrollieren könnte. Ich musste gehen, obwohl ich mir wünschte, ihr noch viel länger zuzuhören.

Behutsam legte ich meiner Tochter eine Hand auf die Schulter. »Lass es mich wissen, wenn ich noch etwas für euch tun kann. Ich komme bald wieder.«

Emelie antwortete nicht. Sie sah wieder auf das Meer.

***

»Wie meinst du das: *immer da*?«, fragt Fynn.

»Man kann den Tod nicht vermeiden. Man kann ihn vielleicht vergessen. Man kann glauben, dass man wiedergeboren oder auferstehen wird. Man kann machen, was man will. Er ist immer da. Und, Fynn, man kann ihn nicht kennen, wenn man sich vor ihm fürchtet. Um mit ihm zu leben, muss man ihn lieben.«

Es ist Emelies siebzehnter Geburtstag. Fynn hat die alte Torfhütte in ein kleines Märchenschloss verwandelt. Jeder kleine Winkel ist erleuchtet. Er zieht sich aus. Nackt legt er sich zu Emelie.

Zum ersten Mal streichelt Emelie seinen Körper. Sie flüstert: »Fynn, erinnerst du dich noch an diesen Satz: *Es wurde Nacht und ich tauchte in die Sterne?* «

Fynn nickt. »Ja. Er stand auf einem Grabstein. Emelie?«

270

»Ja?«

»Du bleibst doch bei mir, nicht wahr?«

»Ja. Aber kein Name auf dem Grabstein«, flüstert sie.

»Kein Name auf dem Grabstein. Wie gut, dass das Meer keine Steine trägt.«

Es ist Mittag, als sie aufbrechen. Der Himmel hat die poröse Farbe von Muschelschalen. Ein leichter Regen fällt auf die Erde.

Fynn trägt Emelie über die alten Hirtenpfade zum Meer. Lange sitzen sie unter einem Fels-überhang. Der Regen fällt wie ein Vorhang. Dunstbänke schweben über dem Meer. Tief unter ihnen schimmert es schwarz wie von fernen Luftspiegelungen.

Emelie muss daran denken, was ihre Mutter ihr über den Tag ihrer Geburt erzählt hatte. Wie der Himmel an diesem Tag ausgesehen hatte.

»Meinst du, wir werden noch mehr Islandmu-scheln sehen?«

Fynn nickt. »Sicher. Viel mehr.«

»Woran denkst du?«

»An unsere Reise. Und wo sie uns noch hin-führen wird.«

»Erinnerst du dich an unser Gespräch, Fynn: *Die Zeit rast und ich hatte keine Möglichkeit, sie auf-zuhalten.*«

»Jetzt schon.«

Emelie lehnt ihren Kopf an seine Schulter.

»Ich bin müde, Fynn. Ich war noch nie so müde.« Sie legt ihr Lächeln auf sein Gesicht. Die Stimmen der Vögel fallen auf das Meer. »Hörst du die Vögel, Fynn? Sie werden bald wieder fortfliegen. Wir müssen mit ihnen fliegen.«

»Ja. Das sollten wir.«

Sie rücken an die Felskante. Ihre Schuhspitzen zeigen einen Moment in den Himmel. So, als würde sich der Fels über der Tiefe fortsetzen. Die Brandung ist ein weiß schimmernder Sturz.

Fynn nimmt Emelies Hand und legt sie behutsam in seine. Sie sehen sich an ...

Über den Autor

Daniel Mylow wurde 1964 in Stuttgart geboren. Nach Aufenthalten in Hannover, Düsseldorf, Willich, Berlin und Krefeld studierte er in Bonn und Marburg und arbeitete anschließend als Verlagslektor. Zusätzlich absolvierte er eine Ausbildung zum Waldorflehrer in Kassel sowie eine zum Poesiepädagogen in Karlsruhe.

Seit 2004 war er als Oberstufenlehrer für Deutsch, Philosophie, Theater und Geschichte in Hof, Wernstein, Mainz, Marburg tätig; seit 2018 arbeitet er in Überlingen am Bodensee. Außerdem ist er Dozent für Literatur an der VHS.

Daniel Mylow erhielt diverse Auszeichnungen für Kurzprosa und Lyrik und veröffentlichte bisher in Literaturzeitschriften und Anthologien im In- und Ausland. Einzeltitel: »Im Garten des Zauberers – Tangogeschichten« und der poetische Thriller »Rotes Moor«.

Buchempfehlungen:

Beat San
Roman von Regina Rinaku
ISBN 978-3-95720-269-7
15,95 €

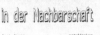

*Unglaubliche Beobachtungen
in der Nachbarschaft*
Anthologie
ISBN 978-95720-259-8
13,95 €

Geschichten, die wir erzählen
10 Jahre net-Verlag
Hardcover
ISBN 978-3-95720-261-1
16,95 €